소중한 _____ 에게

_____ 가(이) 선물합니다.

_____

젊은
베르테르의
슬픔

괴테 지음

요한 볼프강 폰 괴테는 독일 고전주의의 대표적인 작가입니다. 변호사가 되어
실습생으로 베츨러에 머무르는 동안 샬로테 부프와의 슬픈 사랑을 하게 되었는데,
이 경험을 바탕으로 쓴 글이 바로 이 책 「젊은 베르테르의 슬픔」입니다.
그는 이 작품으로 문단에서 이름을 떨치게 되었고, 문학 운동의 하나인 '질풍노도'의 중심 인물로서
활발한 창작 활동을 하였습니다. 괴테의 대표작으로는 「헤르만과 도로테아」 「서동 시집」
「빌헬름 마이스터의 편력 시대」 「이탈리아 기행」 「파우스트」 「시와 진실」 등을 들 수 있는데,
특히 60여 년에 걸쳐 완성된 「파우스트」는 세계 문학사상 최대 걸작 중 하나로 손꼽힙니다.

장문식 엮음

전라남도 화순에서 태어나 전남대학교 교육대학원 국어과를 졸업했습니다. 전남일보 신춘문예에
동화 「형제」가, 한국일보 신춘문예에 동화 「신기료 할아버지」가 당선되어 문단에 나왔습니다.
그동안 「도둑 마을」 「누나와 징검다리」 「멍순이」 「희미하게 찍힌 사진」 등의 동화집을 펴냈으며,
장편으로는 「출렁이는 물 그림자」 「땅에 내린 별」 등이 있습니다. 한국아동문학상과
세종아동문학상을 받았습니다.

2021년 3월 25일 2판 4쇄 **펴냄**
2011년 8월 10일 2판 1쇄 **펴냄**
2005년 1월 5일 1판 1쇄 **펴냄**

펴낸곳 (주)효리원
펴낸이 윤종근
지은이 괴테
엮은이 장문식 · **그린이** 박현정, 한수임(표지)
등록 1990년 12월 20일 · **번호** 2-1108
우편 번호 03147
주소 서울시 종로구 삼일대로 457, 1206호
대표 전화 02)3675-5222 · **편집부** 02)3675-5225
팩시밀리 02)765-5222

ISBN 978-89-281-0130-6 64860
잘못 만들어진 책은 구입하신 서점에서 바꾸어 드립니다.
홈페이지 www.hyoreewon.com

젊은
베르테르의
슬픔

괴테 지음
장문식 엮음 / 박현정 그림

효 리 원
hyoreewon.com

베르테르는 그야말로 순수한 감정을 지닌 사람이었습니다.
자연에 대한 감탄, 불쌍한 사람들에 대한 연민과 동정, 그리고
로테에 대한 사랑 등에서 그러한 생각을 엿볼 수 있습니다.
이 작품에는 베르테르가 알베르트의 아내인 로테를 사랑하는
이야기가 담겨 있습니다. 1700년대의 독일은 계급 차별과 낡은
인습이 지배하던 사회였으므로, 로테에 대한 베르테르의 사랑이
아주 순수했음에도 불구하고 쉽사리 받아들여지지 않았습니다.
그런 까닭에, 베르테르의 사랑은 처음부터 슬픔의 씨앗을 안고
있었습니다. 하지만 베르테르는 이에 맞서 자신의 감정을
거리낌없이 표현했습니다. 이것은 낡은 인습으로 굳어진 사회에
대한 저항이기도 합니다. 구시대의 낡은 인습과 제도는
걸림돌이었을 뿐 아니라, 베르테르를 자살에 이르게까지 할 만큼
엄청난 억압이었습니다. 그렇지만 자신의 생각과 감정에 충실한
그의 행동은 순수함에서 우러나온 것이었습니다. 그 때문에,
당당하게 로테를 사랑하는 열정이 오히려 아름답게 느껴집니다.

"빌헬름, 만일 이 세상에 사랑이 없다면 우리들의 마음은 어떻게

될까? 불빛이 없는 환등기와 마찬가지일 걸세. 환등기는 작은
램프를 끼워야만 갖가지 영상이 하얀 스크린 위로 나타나지. 그것이
비록 순간적인 환상에 지나지 않는다 하더라도 우리들이 그 신기한
그림자에 매혹되어 어린 소년처럼 들뜨고 황홀해한다면, 그것은
우리에게 행복을 가져다 주는 것이 아닐까?"

이 글은 베르테르가 소년 같은 순수한 마음으로 로테를 사랑했던
1771년 7월 18일에, 친구인 빌헬름에게 쓴 편지입니다.
이 때의 베르테르에게는 로테를 사랑하는 것 외에는 그 무엇도
문제가 되지 않았습니다. 이것은 어리석은 집착이 아니라
순수한 사랑의 열정이었습니다.
적잖은 사람들이 현실에 얽매어 눈치를 보고 이득을 따지며
살아가고 있습니다. 그러면서도 한 번쯤 현실을 떠나 마음껏
감정대로 행동하고 싶은 충동에 휩싸이기도 하지요. 그래서
베르테르의 순수한 열정을 보고 정신적인 만족을 느끼기도 하는
것입니다. 열병처럼 로테를 사랑하던 베르테르는 비록 자살을
택했지만, 그런 순수한 감정을 가졌던 까닭에 차라리 행복한
사람이었는지도 모릅니다. 이 때문에 『젊은 베르테르의 슬픔』은
슬픔을 벗어나 우리들 가슴 속에 아름다운 여운으로 남습니다.

엮은이 장문식

| 차례 |

| 제1부 |

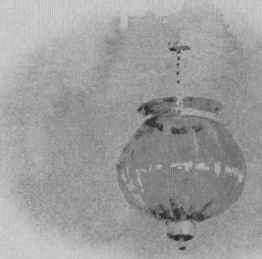

빌헬름을 떠나온 뒤

1771년 5월 4일

친구야, 이렇게 훌쩍 떠나오길 잘한 것 같아. 사람의
마음이란 참으로 변덕스러운가 봐. 그토록 떠나오기
싫었는데 금방 잘한 일이라고 생각하고 있으니 말이야.
레오노레의 일은 정말 안됐어. 하지만 그건 내 책임이
아니야. 내가 그녀 여동생의 매력에 끌려 있는 동안,
레오노레 혼자서 나를 짝사랑한 거니까. 그렇다고 해서
나에게 아무런 책임이 없다고는 할 수 없지.
내가 레오노레의 감정을 은근히 부추겼을지도 모르니까.

친구야, 네 충고대로 좀더 현실적인 사람이 되겠다고

약속할게. 앞으로는 불행한 과거에 얽매이지 않고 현재를

즐기며 살 거야. 사랑하는 친구야, 네가 해 준 말이 옳았어.

미안하지만, 우리 어머니께 말 좀 전해 줘. 말씀하신 대로

숙모님을 만났고, 그 결과를 곧 알려 드리겠다고.

숙모님은 괄괄하지만, 우리 어머니 생각과는 달리 착한

분이셨어. 나는 숙모님이 내놓지 않는 우리 몫의 유산에

대한 어머니의 불만을 분명히 전했지. 숙모님은 그간의

사정을 이야기하면서 요구한 조건대로만 되면

언제든지 전부 내주겠다고 하셨어.

이 일로써 나는, 세상의 싸움은 악의보다는 오해에서

비롯된다는 걸 깨달았어.

그건 그렇고, 이 곳에 온 뒤로 나는 아주 잘 지내고 있어.

낙원과도 같은 곳이라 내 마음도 진정되고 있어.

푸른 나무들과 산울타리들이 말 그대로 꽃다발 같거든.

이 도시는 그다지 마음에 들지 않지만 자연만은 아름다워.

옛날 이 곳의 아름다움에 이끌려, 지금은 고인이 된

M백작이 언덕 위에 정원을 하나 꾸몄다고 하더군. 그 후

주위 언덕들이 가로세로로 아름답게 이어지면서 아늑한

골짜기를 이루게 되었지. 나는 감격에 겨워, 쓰러져 가는
낡은 정자에서 여러 번 눈시울을 붉혔어. 이 곳은 M백작이
생전에 사랑했던 곳이고, 나 또한 마음에 쏙 들거든.
머지않아 나는 이 정원의 주인이 될 거야. 이제 겨우
2, 3일밖에 안 되었지만, 이 곳 정원사도 나를 싫어하는
눈치는 아니니까.

5월 10일

요즘 내 마음은 신기할 만큼 상쾌함으로 넘치고 있어. 마치
봄날 아침과도 같은 그런 느낌이야. 나는 정말 행복해. 내가
좋아하는 그림까지 잊고 지낼 정도야. 지금 나는 선 하나도
그릴 수 없어. 그러면서도 이처럼 위대한 화가가 되어 본
적이 없는 것처럼 여겨져. 아름다운 골짜기에서는 안개가
피어오르고, 숲 위로는 찬란한 햇빛이 쏟아지며, 정원에는
한두 줄기의 빛살이 환상적으로 스며들고…….
그럴 때면 나는 시냇가 풀밭에 누워 갖가지 풀들을 하나하나
살펴보곤 해. 그러면 천지를 창조하고 우리에게 환희를 주신
하느님의 숨결이 그대로 전해져 온다네. 진한 감동과
그리움에 젖어드는 나! 아아, 내 감정을 제대로 표현할 수만

있다면……. 그러나 나의 상념은
곧 수그러들고 말지.
이 장엄한 자연 앞에서 용기가 꺾일 수밖에!

5월 12일

이 곳에는 사람의 마음을 홀리는 정령이 있는 듯해. 나를
둘러싼 모든 것들이 마치 천국의 풍경 같아. 골짜기를 돌면
자그마한 언덕이 하나 있어. 언덕 너머 동굴을 지나
층계를 스무 단쯤 내려가면 샘이 하나 나타나지.
맑은 샘물과 나지막한 돌담, 샘을 둘러싸고 있는 나무들,
시원한 기운……. 이 모든 것들에서 사람의 마음을
끌어당기는 힘이 느껴져. 전설 속의 인어 멜루지네 자매가
물에 이끌리듯, 나는 거의 날마다 그 샘터에 한 시간 정도
앉아 있지. 아가씨들이 샘물을 길어 가는 것을 보면서
말이야. 그 광경을 보고 있노라면, 다정한 우리 조상의
혼령들이 떠돌고 있는 것 같아.

5월 13일

내게 책을 보내 주겠다고 했지? 고맙기는 하지만 그럴 필요

없어. 그렇지 않아도 내 마음은 온통 감동으로 들떠 있거든.
나에게 필요한 것은 그것을 진정시켜 줄 자장가야.
그리고 그 자장가는 내가 애독하는 호메로스의 시 속에
얼마든지 있어. 인간의 마음처럼 변덕스러운 것이
또 있을까? 새삼스레 이런 말을 할 필요는 없겠지.
슬픔에 잠겼나 싶으면 흥분해 있고, 우울한가 싶으면
열정적으로 변하곤 하는 내 모습을 여러 번 보았을 테니까.
나도 어쩔 수 없어. 나는 내 마음이 원하는 대로
다 받아 줄 수밖에 없거든.

5월 15일

이 고장 사람들과도 벌써 많이 친해졌어.
특히, 어린애들은 나를 무척 따르지. 처음엔 내가
이것저것 허물없이 물어 봤더니, 놀리는 줄 알고 몹시
퉁명스럽게 대하더군.
그러나 나는 조금도 화를 내지 않았어. 지위가 높은 사람들은
서민들과 가까이 지내면 위엄이 깎일까 봐 언제나 쌀쌀하게
대하지. 혹은 잘난 체하거나 억지로 공손한 체하며 자신을
돋보이게 하려는 가식적인 사람도 있지. 인간이 모두

평등하지 않다는 것은 나도 잘 알고 있어. 그러나 자신의
지위가 높다고 해서 신분이 낮은 사람들을 업신여기는 이들은
비난받아 마땅하다고 생각해.

며칠 전 샘터에 나갔더니 젊은 하녀가 있더군. 그녀는 물통을
머리에 이도록 도와 줄 사람이 없나 살피고 있었어.

나는 아래로 내려가서 그녀를 보고 말했지.

"도와 줄까요, 아가씨?"

그러자 그녀는 새빨개진 얼굴로 어쩔 줄 모르며 대답하더군.

"아니에요, 나리."

"사양할 것 없어요."

내가 도와 주자 그녀는 고맙다는 인사를 하고는
바삐 층계를 올라가더군.

5월 17일

나는 여러 사람들과 사귀었지만 마음을 터놓고
이야기할 수 있는 상대는 아직 찾지 못했어.
물론 많은 사람들이 나를 좋아해. 그러나 그 사람들과는 잠시
동안만 같이 지낼 뿐이라는 걸 생각하면 슬퍼져. 그런 면에선
이 곳 사람들도 다른 고장 사람들과 다를 바가 없지.
이 고장 사람들은 모두 친절하고 다정해. 나는 여기 사람들과
즐겁게 지내고 있어. 맛있는 음식을 먹으며 다정한 이야기도
하고, 마차를 같이 타기도 하고, 댄스 파티에 참석하기도
하지. 다만 내 안에 있는 또 다른 열정을 펼쳐 보지
못할까 봐 초조할 뿐이야.
아아, 어릴 적 친구였던 그녀가 죽지 않았더라면 좋았을걸.
아니, 차라리 그녀를 몰랐더라면 이렇게까지 마음이
아프지는 않을 텐데. 그녀는 나의 진실한 친구였어.
그 때 우리는 영혼으로 사귀었지. 우리의 우정은 순결하고
아름다운 감정으로 이루어졌었어.

그런데 지금은……. 아아, 결코 나는 그녀를 잊을 수 없어.
며칠 전 V라는 청년이 날 찾아왔어. 그는 아주 잘생기고
솔직한 청년이었지. 상당한 지식의 소유자더군.
그는 그리스 어를 잘 하는 화가라는 내 소문을 대단하게
생각하는 것 같았어. 나를 만나자마자 고대 미술 연구가인
빙켈만을 비롯해 화가인 바토까지 언급하며 체계적으로
이야기하더군. 또 하이네를 연구했다고 자신 있게
말하더라고. 나는 그저 잠자코 듣기만 했어.
또 다른 사람, S씨를 만났지. 그는 공화국의 법무관으로서
상냥하고 성실한 사람이었어.
그에게는 아이들이 아홉이나 있는데, 특히 맏딸에 대한
징찬이 자자했어. 나는 그의 집에 초대를 받았고, 곧 방문할
예정이야. S씨의 집은 여기서 한 시간 반쯤 걸리는 곳에 있는
어느 공작의 사냥용 별장이라더군. 부인이 죽은 뒤 슬픔을
이기기 위해 그 곳으로 이사를 왔다고 해.
그 밖에도 두세 명의 괴짜들을 알게 되었어. 비위에 맞지
않는 이들이지. 나에게 친절한 척하는 어색한 태도가 딱
질색이야.
그럼, 안녕! 이 편지는 자네 마음에 들겠지?

있는 그대로 솔직하게 썼으니까.

5월 22일

예로부터 '인생은 한낱 꿈에 지나지 않는다.'고 했던가.
욕망이라는 것도 보잘것없는 생명을 연장시키기 위한
수단에 불과하고, 성공 또한 허울일 따름이지.
빌헬름, 나는 꿈꾸듯 살고 있어. 어린애들은 자신이 원하는
것이 무엇인지를 알지 못해. 어른들도 마찬가지야.
어디에서 와서 어디로 가는지도 모르는 채, 뚜렷한 목적도
없이, 비스킷과 케이크, 그리고 채찍에 길들여지고 있지.
이러한 사실은 아무도 시인하지 않지만, 내가 보기에
이것은 명명백백한 사실이야.
가치 없는 일이나 자신의 욕심을 그럴싸하게 꾸며 그것이
인류의 행복을 위한 것인 양 내세우는 자들, 과연 그들이
말하는 것이 진짜 행복일까?
그렇지 않아. 세상에는 겸손한 마음가짐을 지닌, 진정한 삶의
의미를 아는 사람들도 있어. 그들은 자신의 조그만 정원을
낙원처럼 가꾸는 것을 즐거움으로 삼고, 무거운 짐에
허덕이면서도 쉬지 않고 제 갈 길을 가고 있지.

그래, 그런 사람들의 행복이야말로 진정한 행복이야. 그런
사람들은 아무리 억압을 받더라도 마음 속으로는 언제나
자유를 만끽할 수 있지. 언제, 어느 곳에서든 억압으로부터
벗어날 수 있는 자유로운 정신 세계 속에서……

5월 26일

빌헬름, 자네는 내 꿈을 잘 알고 있겠지? 마음에 드는 곳에다
조그마한 집을 짓고 조용히 살고 싶은 것 말이야.
나, 그런 곳을 발견했어. 발하임이라는 마을이야. 여기서
한 시간쯤 걸리는 곳에 있어. 산기슭에 자리 잡고 있는데,
그 위치가 아주 그만이야. 그 마을의 좁은 언덕길을 따라
올라가다 보면 갑자기 골짜기 전제가 내려다보이는 곳이
나오지. 그 곳의 아름다움이란!
마을 주막에서는 나이에 비해 쾌활하고 상냥한 아주머니가
포도주, 맥주, 커피 따위를 팔고 있어. 그러나 무엇보다도
이 마을에서 마음에 드는 것은 두 그루의 보리수야. 사방으로
넓게 퍼진 나뭇가지들이 교회 앞의 광장을 뒤덮고 있는데,
그 주변으로 농가와 곳간, 그리고 저택들이 펼쳐져 있어.
이렇게 멋진 곳은 일찍이 본 적이 없어.

어느 맑게 갠 날 오후였어. 내가 보리수 그늘에 왔을 때
광장은 매우 고요했어. 모두들 일하러 들에 나간 것이지.
그 곳에서 난 네 살쯤 된 어린아이가 젖먹이를 자기 무릎
사이에 앉힌 채 두 팔로 안고 있는 것을 보았어.
그 광경이 내 마음을 끌었어. 나는 건너편 쟁기에 앉아
즐거운 마음으로 이 정겨운 형제를 스케치하기 시작했지.
주변에 있는 울타리, 곳간 문, 수레바퀴 두세 개도 함께 그려
넣었어. 한 시간쯤 뒤, 내 주관적인 생각이 전혀 들어가지
않은, 천진한 아이의 모습 그대로의 그림이 완성되었어.
이를 계기로, 난 자연을 그리기로 결심했지. 한없이

풍요로운 자연만이 위대한 예술가를 만드는 거라고 믿어.

규칙과 예절을 잘 지키는 사람 가운데는

악당이 없는 것과도 같지.

그러나 규칙은 진정한 감정과 진실한 표현을 죽이기도 하지.

어떤 청년이 한 처녀에게 반해서 자기의 모든 것을 바치고

있다고 해 봐. 그런데 속된 사람이 찾아와서 그 청년을 보고

이렇게 충고해 주었다고 해 봐.

"젊은이! 사랑은 아주 흔한 일이야. 그러니까 일도 사랑도

적당히 해야 한다네. 재산을 잘 관리해야 해. 돈이란 꼭

필요한 때만 써야지, 애인에게 그렇게 자주 선물을 해서는

안 돼. 생일 선물만 하라고."

사람들은 대개 그 충고에 따르는 것이 바람직하다고 하겠지.

그러나 만일 그가 그 충고대로 따른다면, 그의 사랑은

그것으로 끝장이야. 그리고 그가 만일 예술가라면

그의 예술도 마지막이지.

아아, 현실이라는 강물이 둑을 무너뜨리고 소용돌이치며

밀어닥쳐 와, 잠자는 영혼을 흔들어 깨우는 일이 왜 이리

어려울까? 그것은 강물 양쪽 둑에 속된 무리들이

자리 잡고 있기 때문이야. 그들이 자기네 정원이 망가질까 봐

미리 둑을 쌓고 막았기 때문이지.

5월 27일

그 아이들의 뒷이야기를 깜빡 잊었군. 그 때 나는 그림의
분위기에 사로잡혀 두 시간 동안이나 꼼짝하지 않았지.
저녁때가 되자, 젊은 부인이 그 아이들에게 급히 다가왔어.
"필리프! 정말 착하구나!"
그녀는 나에게 눈인사를 했지. 그녀는 아이들의 어머니였어.
그녀는 아이를 돌보던 큰 아이한테 흰 빵을 주더군.
그리고 젖먹이가 사랑스러운 듯 입을 맞추었지.
"필리프에게 한스를 보살피게 하고 제일 큰 애랑 시내에
다녀왔어요. 흰 빵과 설탕, 죽을 끓일 냄비를 사기 위해서요.
어제 냄비를 깨뜨렸거든요. 한스에게 저녁에
죽을 끓여 먹이려고 해요."
그 말이 끝나자마자 엄마와 함께 시장에 다녀온 아이가
뛰어오더니 필리프에게 개암나무 가지를 선물로 주었어.
그녀는 그 마을 학교 선생의 딸이었어. 남편은 사촌의 유산을
상속받기 위해 스위스에 갔다고 하더군.
"모두들 남편을 속이려고 해요. 남편이 편지를 몇 번이나

보냈는데도 답장이 안 왔어요. 그래서 그리로 갔어요.
나쁜 일이 없어야 할 텐데……. 남편한테서는 여태껏
아무 소식이 없어요."
어쩐지 나는 그녀와의 이별이 무척 아쉽더군. 그래서
두 아이에게 1크로이처(화폐 단위)씩 주고 헤어졌지.
친구야, 나는 괴로울 때 이 여인처럼 욕심 없이 살아가는
사람들을 보면 마음이 편안해져.
그 후로 나는 그 곳에 자주 찾아갔어. 그 아이들과
정이 들었거든. 일요일에는 아이들에게 1크로이처씩 주기로
약속도 했지. 내가 가지 못할 때에는 나 대신 돈을 주라고
주막집 아주머니에게 맡겨 두기도 했어.
아이들은 나와 친해지자 온갖 이야기를 다 해 주었어.
참으로 즐거워. 아이들이 나를 귀찮게 할까 봐 그 여인은
무척 걱정을 하지. 정말 착한 여자야.

5월 30일

내가 오늘 본 광경을 그대로 묘사한다면 아마도 세계에서
가장 아름다운 시가 될 거야. 그러나 시가 다 무슨 소용인가?
자연에 기쁨을 느끼면 됐지, 그것을 애써 만들 필요는 없지.

오늘은 발하임 마을의 어느 농가에서 일하는 한 젊은 하인에 관한 이야기를 하려고 하네.

보리수 아래서 차를 마시는 파티가 있었지. 나는 거기에 모인 사람들이 마음에 들지 않아 그들과 어울리지 않고 따로 떨어져 있었다네. 그 때 한 청년이 농가에서 나오더니 쟁기를 손질하더군. 그의 인상이 마음에 들어 그에게 말을 걸었지. 우리는 곧 가까워졌다네.

그는 하인인데 여주인에 대한 이야기를 자주 하더군. 나는 곧 이 청년이 여주인을 사모하고 있음을 알아챘지. 그 여주인은 그다지 젊지 않은데다 결혼 생활이 불행했기 때문에 재혼할 뜻이 전혀 없다고 해. 청년은 여주인을 매우 아름답고 매력 있다고 생각하더군.

아무리 위대한 시인이라도 이 청년의 순수한 사랑과 진심을 그대로 표현하기는 불가능할 거야. 특히 나를 감동시킨 것은, 여주인이 혹시라도 나쁜 소문에 휩싸일까 봐 그가 진심으로 걱정하는 것이었어. 나는 지금까지 이토록 열렬하고 순수한 사랑을 본 적이 없어. 그 사랑의 불꽃이 나에게 옮겨 붙을 것만 같더라고. 나도 빨리 그 여주인을 만나 보고 싶어. 그 아름다운 여인의 모습이 보고 싶어.

운명적인 만남

1771년 6월 16일

그 동안 정말 사랑스러운 여인을 만나 편지를 쓸 수 없었어.

지금 나는 매우 행복해.

그녀는 천사야. 그 아름다움은 설명할 수조차 없어. 그녀는

내 마음을 완전히 사로잡아 버린 거야. 총명, 순진, 착실,

다정, 발랄, 차분함……. 이런 말을 모두 한데 모은다 해도

부족해. 아니, 그 이상이야! 오늘 아침, 오늘만큼은 그녀에게

가지 않겠노라 스스로 맹세를 했지만 나는 어느 새 창가에서

그녀를 그리워하고 있었지.

나는 내 마음을 억제할 수 없어. 지금 그녀를 만나고 막
돌아온 길이야.

빌헬름, 그녀가 귀여운 여덟 명의 동생들과 함께 놀고 있는
걸 보면 내 마음은 환희로 가득 차. 지난번에 이야기한 적이
있지? 법무관인 S씨를 알게 되었다고. 그분은 나더러 자기
집에 놀러 오라고 했었는데 내가 계속 미루고 있었지. 그녀는
그분의 딸이야.

그즈음 이 곳 친구들이 교외에서 무도회를 열어 나도 기꺼이
참석하게 되었지. 그 때 나는 근처에 살고 있는 예쁘장한
아가씨에게 파트너가 되어 줄 것을 부탁했어.

나는 마차를 빌려 그 아가씨와 사촌 동생을 태우고
무도회장으로 향했지. 가는 도중에 그녀들은 로테 양의 집에
들러서 그녀를 같이 태우고 가자고 부탁하더군.

"이제 아름다운 아가씨를 만나게 될 거예요."

숲길을 달리는 마차 속에서 파트너 아가씨가 말했어.

"하지만 반하지 않도록 주의하세요."

아가씨의 사촌 동생이 덧붙였지.

"왜요?"

나는 궁금해서 물었어.

"그 아가씨는 이미 약혼했으니까요."

"훌륭한 약혼자예요. 아버님이 돌아가셔서 사업을 정리하기
위해 지금 여행 중이지요."

그 말에 나는 별로 관심을 두지 않았어.

해가 넘어가기 15분 전쯤, 우리는 그 집에 도착했지. 내가
마차에서 내리자, 하녀가 나와서 잠깐만 기다려 달라고
하더군. 나는 안뜰을 지나 안채로 걸어갔지. 입구의 층계를
올라가 안으로 들어서자 아름다운 풍경이 한눈에 들어왔어.
여덟 아이들과 한 아가씨가 함께 있는 모습이…….
알맞은 키에 새하얀 드레스를 입은 아가씨는 아이들에게
빵을 나누어 주고 있었지. 정말 아름답고 다정한 모습이었어.
그 아가씨가 바로 로테야.

로테는 나를 보자 곧 나왔지. 아이들도 따라나왔어.

"미안합니다."

로테가 나를 바라보며 말했어.

"선생님을 여기까지 오시도록 하고, 또 아가씨들을 기다리게
해서 죄송해요. 제가 빵을 잘라 주어야만 동생들이
먹거든요."

그 때, 나는 그녀의 자태와 목소리에 홀려 있었지. 아이들은

저쪽에서 나를 보고 있었고.

나는 막내아이에게 다가가 볼에 뽀뽀를 해 주었어.

로테는 살짝 웃으며 동생들에게 이것저것 일러 준 뒤

마차에 올랐지. 여자들은 인사를 나눈 다음, 옷맵시와 모자에

대한 이야기를 하더군. 그리고 저녁 무도회에 참석하는

사람들에 대한 이야기도 나누었어.

우리가 탄 마차는 경쾌하게 달리기 시작했어. 나는 로테의

이야기 속에서 진실한 성품을 느꼈고, 그녀가 한 마디 한

마디 할 때마다 새로운 매력을 발견했지.

"어렸을 때는 소설을 제일 좋아했어요. 어찌나 재미있던지

일요일에도 하루 종일 주인공에게 정신없이 빠져들곤

했었지요. 요즘은 좀처럼 책을 읽을 기회가 없다 보니

제 취향에 맞는 책만 읽고 싶어요. 저는 생활 속의 친근하고

흥미 있는 이야기를 쓰는 그런 작가를 좋아해요. 저희

가정은, 물론 천국 같지는 않지만 행복하거든요."

이 말을 듣고 나는 솟아오르는 감동을 억누르려 무척 애를

썼어. 그녀의 취향과 내 취향이 어찌 그리 똑같던지! 하지만

로테가 골드스미드의 소설 『웨이크필드의 목사』를 비롯한

몇몇 소설에 대해 정확하게 말했을 때, 나는 혼자 정신없이

지껄이고 말았어. 내가 읽었던 모든 책들에 대해…….

화제를 댄스로 바꾸었는데도 로테는 이야기를 잘 이어 갔어.

"저는 댄스를 좋아하지만 지나치게 열중하면 좋지 않다고
생각해요. 뭔가 걱정거리가 있을 때 엉터리 피아노 솜씨지만
춤곡을 치고 있으면 그런 대로 기분이 풀리곤 해요."

로테의 고운 눈망울, 생동하는 입술, 발갛게 상기된 볼이
내 마음을 사로잡았어.

난 로테의 매혹적인 말에 넋을 잃었지. 빌헬름, 너는 이런
나의 마음을 이해하겠지?

아무튼 무도회장에 이르러 마차에서 내렸을 때, 나는
머릿속이 몽롱해져 음악 소리도 들을 수 없었어.

아우드란과 또 한 사람이 나와서 내 파트너의 사촌 동생과
로테를 파트너로 맞아 무도회장 안으로 들어갔어. 우리는
이리저리 뒤얽히며 미뉴에트를 추었지. 로테와 그 파트너는
영국식 댄스를 추었고. 이윽고 차례에 따라 그들이 우리와
한데 어울려 돌아갈 때, 내가 얼마나 기뻐했을지 충분히
짐작이 가나? 그녀는 온통 춤에만 몰두했어. 몸 전체가
하나의 화음이었지. 나는 로테에게 두 번째 춤의 상대가 되어
달라고 청했어. 그녀는 세 번째 춤곡에서 상대가 되어

주겠노라고 약속을 했어. 우리는 서로 자기 파트너에게
양해를 얻어 파트너를 바꾸어 춤을 추기로 했지.
드디어 세 번째 곡으로 독일 왈츠가 연주되었어. 왈츠가
시작되자 홀 안이 시끌시끌해졌지. 우리는 경쾌하게 춤추기
시작했어. 우리는 얼마 동안 팔을 이리저리 바꿔 가며 춤을
즐겼지. 그녀가 춤추는 모습은 매우 경쾌하고 매력적이었어.
나는 그토록 경쾌하게 춤을 추어 본 적이 일찍이 없었다네.
마치 꿈 속을 헤매는 것 같았어.
빌헬름, 나는 맹세했어. 내가 사랑하고 원하는 로테로 하여금
결코 나 이외의 사람과는 왈츠를 못 추게 하겠노라고. 설령
그 때문에 내가 파멸하는 한이 있더라도 말이야. 우리는 잠시
쉬면서 천천히 홀 안을 걸었지. 내 몫의 오렌지를 로테에게
주니 그녀는 아주 좋아하더군.
네 번째의 영국식 댄스에서 나와 로테는 제2조가 되었지.
아름답게 춤을 추는 로테!
나는 황홀감에 젖어 그녀의 팔을 끼고 돌다가 어떤 부인의
옆을 지나치게 되었어. 그 부인은 로테를 보더니 미소를
지으며 손짓으로 무언가를 표현하더군. '알베르트' 라는 말을
두 번이나 하면서.

"실례지만 알베르트가 누군가요?"

나는 로테에게 물었지. 로테가 대답을 하려는 순간,

우리는 커다란 8자를 그리기 위해 서로 떨어져야만 했어.

스쳐 지나면서 보니, 로테의 얼굴은 굳어 있더군.

프롬나드(넓은 보폭으로 움직였다가 도는 춤 동작)를 추기 위해

나에게 손을 내밀면서 로테가 말했어.

"알베르트는 제 약혼자예요."

그건 처음 듣는 말은 아니었지. 그런데도 나는 처음 듣는

것처럼 충격적이었어. 이미 나에게 소중한 존재가 된 로테가

남의 약혼녀라니……. 나는 당황해서 다른 사람들 사이로

잘못 섞여 버렸어. 로테가 침착하게 나를 이끌어 준 덕분에

다시 춤을 출 수 있었지.

무도회 도중에 갑자기 소나기가 내리면서 천둥 번개가

울렸어. 그 때문에 무도회 음악이 중단되었지. 몇몇 여자들은

얼굴을 찌푸리며 기분 상한 표정을 지었고, 어떤 여자는

무서운지 울면서 친구를 껴안았어. 불안에 싸인 여인들은

안절부절못하며 기도를 하기도 했지.

이 때 저택 안주인이 임시로 방을 하나 내주었어.

무도회에 참석했던 사람들은 모두 그리로 갔지. 그 방에

들어서자 로테는 서둘러 의자들을 둥그렇게 놓더니,
사람들을 그 곳에다 앉히고 게임을 진행했어. 온통 웃고
떠드는 즐거운 자리가 됐지. 게임이 끝나자 사람들은 친한
사람끼리 짝을 지어 자리를 뜨기 시작했어. 무섭게 쏟아 붓던
소나기가 어느 새 그쳐 있었거든.
나는 로테를 따라 다시 홀로 나갔지. 우리는 창가로 갔어.
천둥 소리는 멀리서 울리고, 아름다운 비가 조용히 내리는
밤이었지. 상쾌하고 향기로운 장미 냄새가 풍겨 왔어.
로테는 창틀에 팔꿈치를 괴고 조용히 하늘을 쳐다보다가
나를 돌아보았지. 그런데 그녀의 눈에 눈물이 괴어 있었어.
로테는 내 손을 잡으며 말했지.
"클롭슈토크!"
나는 곧 로테가 생각하고 있는 클롭슈토크의 아름다운
찬가를 마음 속에 떠올렸지. 그리고 그녀가 나에게
전달하려 한 감정에 잠겼지. 나는 가슴이 벅차
기쁨의 눈물을 흘리며 그녀의 손에 입을 맞추었어.
그리고 다시 그녀의 눈을 쳐다보았어.
'거룩한 시인 클롭슈토크! 존경하는 그대의 이름이 로테 아닌
다른 사람들의 입에서 오르내리지 않기를 바라노라!'

사랑에 빠진 베르테르

1771년 6월 19일

지난번 편지를 어디서 끝냈는지 생각이 나지 않아. 다만 내가
집에 돌아온 것이 새벽 2시였다는 것뿐이야. 편지로 하지
않고 마주 앉아 이야기했더라면 아마 아침이 될 때까지도
나는 지껄였을 거야. 무도회가 끝나고 집으로 돌아올 때의
일은 이야기하지 않았지?
우리는 이슬에 젖은 수풀이 뒤덮여 있는, 싱그럽게 생기를
되찾은 들판을 지나 달려왔지. 로테 외의 두 여자는 마차
안에서 꾸벅꾸벅 졸았어.

"선생님도 좀 주무세요."

로테가 나에게 잠을 권했지만 조금도 졸리지 않았어.

"아가씨가 잠자지 않는 동안엔 나도 졸리지 않아요."

나는 로테를 뚫어지게 바라보았지. 우리는 로테의 집에 닿을

때까지 그대로 깨어 있었어.

헤어질 때 나는 오늘 한 번만 더 만나 달라고 말해 로테의

승낙을 받아 냈어. 그 이후로도 해와 달과 별은 변함없이

비추건만, 나에게는 로테 이외의 모든 것이 내 주위에서

사라져 버렸어.

6월 21일

나는 정말 행복한 나날을 보내고 있어. 내 인생의 가장

순수한 기쁨을 맛보고 있어.

내가 좋아하는 마을 발하임. 나는 그 곳에서 거의 살다시피

하고 있다네. 거기에서 불과 30분이면 로테의 집에 갈 수

있기 때문이지.

빌헬름! 인간의 욕망에 대하여 생각해 보았어. 인간은 새로운

발견을 위하여 여기저기를 헤매고 다니지. 그런가 하면

스스로를 속박하기도 하고. 내 마음을 사로잡는 아름다운

발하임 언덕과 계곡, 작은 숲과 산봉우리, 그리고 골짜기.
아아, 그 속에 묻혀 살고 싶네. 그러나 저 너머 먼 곳은
미래와 비슷한 환상이야. 우리는 이 환상을 동경하며 살고,
그러다 최후에는 자기의 고향을 그리워하게 되는 거지.
자기의 작은 집, 아내, 자식들, 그런 것들에서 기쁨을
발견하게 되는 거지.
나는 아침이면 발하임으로 나간다네. 주막집 채소밭에서
완두콩을 따기도 하고, 의자에 앉아 호메로스의
『오디세이아』를 읽기도 해. 혹은 부엌에서 냄비에 버터를
발라 완두콩을 볶지. 그럴 때면 오디세우스의 정숙한 아내
페넬로페에게 구혼하는 뭇사내들이 소와 돼지를 잡아 각을
떠서는 불에다 구워 바치는 광경을 떠올리지. 지금 내 생활이
얼마나 행복한지 몰라. 손수 가꾼 양배추를 식탁에 놓고서
그 신선한 맛과 가꾸는 즐거움까지 맛보는 거야.

6월 29일

그저께 시내의 한 의사가 로테의 아버지인 법무관을
찾아왔었지. 그 때 나는 로테의 집에서 그녀의 동생들과 함께
놀고 있었어. 그 의사는 잘난 체를 곧잘 하는 사람이었어.

그는 내가 놀고 있는 광경을 보고, 품위를 손상시키는
행동이라고 생각한 모양이었어. 그러나 나는 그런 것에는
아랑곳하지 않고 카드 집짓기 놀이를 계속했지.
그 후, 그 의사는 온 시내에 나쁜 소문을 퍼뜨린 거야.
법무관의 버릇없는 아이들을 품위 없는 베르테르가 다 망쳐
버리고 있다고 말이야.
빌헬름, 난 이 세상에서 아이들이 가장 좋아. 아이들을
지켜보고 있노라면 순수하고 완전한 모습이 보여. 하지만
친구야, 현실은 어떻지? 어린아이들을 마치 하인처럼 다루고
있잖아. 하느님 눈에는 다만 나이 많은 어린이와 나이 어린
어린이가 있을 뿐이라고 하잖아. 그런데도 어른들은
아이들을 자기들의 틀에 넣어서 기르고 있지.
안녕, 빌헬름. 이제 더 이상 말하지 않을게.

7월 1일

로테는 친절해. 환자를 간호할 때도 마찬가지야. 로테는
며칠간 시내의 어떤 부인 집에서 지낼 거야. 죽음이 멀지
않은 그 부인이 마지막으로 로테의 간호를 받고 싶어해서지.
지난 주, 나는 로테와 함께 산골 마을의 목사를 찾아갔었어.

산길을 따라 한 시간 정도 가자, 두 그루의 커다란 호두나무
그늘에 덮인 목사관의 뜰이 나타나더군. 나이 지긋한 목사는
문간 앞 벤치에 앉아 있었지. 그는 로테를 보더니 얼굴에
생기가 돌기 시작하더군.

친절하게 목사를 보살피는 로테의 모습은 바로 천사야.
로테는 귀가 어두운 그 노인에게 큰 소리로 말해 주었지.
갑자기 죽게 된 젊은이의 이야기며, 카를로비바리 온천물이
좋다는 이야기며, 전보다 훨씬 건강해 보인다는 등의
이야기를 해 주었지.

목사는 나에게 호두나무의 내력을 이야기해 주었어.

"오래 된 나무는 누가 심었는지 잘 모른다오. 이 목사가
심었다고도 하고, 저 목사가 심었다고도 하거든. 그런데
저 안쪽에 있는 나무는 우리 집사람과 동갑인 나무로, 오는
10월이면 쉰 살이 된다오. 장인이 아침에 저 나무를
심었는데, 그 날 저녁에 집사람이 태어났다는 거요. 장인은
나의 선임 목사이기도 하신데, 저 나무를 매우 소중하게
여기셨다오. 나도 역시 마찬가지이고……. 지금부터 27년
전의 일이오. 내가 가난한 대학생으로서 처음 이 안뜰에
들어섰을 때, 집사람은 저 나무 아래에 앉아 뜨개질을 하고

있었소."

나이 지긋한 그 목사는 처음 부목사가 되었을 때의 일이며
얼마 후에 장인의 뒤를 이어 담임 목사가 된 이야기를
들려주었네.
그 때 목장에 갔던 목사의 딸 프리데리케가 슈미트라는
청년과 함께 돌아왔지.
프리데리케는 진심으로 로테를 반겼어.
그녀의 애인 슈미트는 말수가 적었어.
로테가 말을 걸어도 쉽게 어울리려
하지 않았지.
우리는 같이 산책을 나갔어. 내가 프리데리케와
나란히 걷자 슈미트는 기분이 나빴는지
얼굴을 찌푸리더군. 난 젊은이는 마음을
넓게 열어야 한다고 생각해.

자기의 기분을 드러내 모두를 불쾌하게 만든 슈미트가
못마땅했지. 그래서 저녁때 모두가 둘러앉아 우유를 마실 때,
이야기 주제가 인생의 고락에 초점이 맞춰지자 나는
변덕스러운 불쾌감에 대해 공격했지.

"사람들은 곧잘 기쁜 날은 적고, 궂은 날은 많다고 푸념들을
하지요. 그러나 그것은 잘못된 생각이에요. 하느님의 은혜를
마음에 담고 산다면 어떤 궂은 일이 생겨도 거뜬히
견뎌 낼 것입니다."

목사 부인이 말을 이었지.

"그러나 감정이란 자기 뜻대로는 잘 안 되거든요.
몸이 불편하면 뭐든지 유쾌할 수 없죠."

"그 병을 치료할 방법이 없을까요?"

내 질문에 이번엔 로테가 말했지.

"좋은 치료법은 마음가짐에 달려 있다고 생각해요. 저는
속상한 일이 생기면 뜰을 거닐며 춤곡을 두어 곡 노래합니다.
그러면 곧 기분이 좋아져요."

"그게 바로 제가 말하고자 했던 겁니다. 정신을 가다듬으면
일도 잘 되고, 기쁨 또한 얻을 수 있습니다."

프리데리케는 내 말을 귀담아듣고 있었지. 그러나 슈미트는

자신의 감정을 좌지우지하는 것은 불가능하다고 부정했어.
이 때 목사가 우리의 토론에 참여하고 싶어하는 것 같아
내가 소리 높여 말했어.
"죄악에 대한 설교는 들었어도 불쾌감에 대한 설교를
들은 적이 없습니다."
"그런 설교는 도시에서나 할 만하지요. 농부에게는
불쾌감이란 게 없으니까. 하지만 나 같은 시골 목사도
불쾌감을 없애는 설교를 해 보는 것이 좋겠소. 적어도
목사 부인과 법무관에게는 약이 되기도 할 테니까."
그 말에 모두 웃었지. 이 때 목사가 기침을 심하게 하는
바람에 이야기는 잠시 중단되었어.
나는 슈미트와 의견 대립으로 매우 흥분해 있었어.
그만 돌아가자는 로테의 목소리에 나는 겨우 진정했어.
돌아오는 길에 로테는 나에게 침착하라고 간절히 말했지.
"선생님은 지나친 흥분 때문에 몸을 망치게 될지도 몰라요.
자기 몸은 자기가 돌봐야지요."
'아아, 나의 천사여! 나는 오직 당신을 위해
건강히 살아가겠소.'
나는 속으로 이렇게 결심했어.

사랑은 자석 같은 것

1771년 7월 6일

로테는 여전히 그 위독한 부인을 산호해 주고 있어. 언제나
남을 도와 주는 인정 많은 사람이야. 그녀의 눈길이 닿으면
고통이 사라지고 마음이 행복해지지.

어제 저녁에 로테는 마리안네와 어린 마르헨을 데리고
산책을 나갔어. 나는 그것을 미리 알고 산책을 나가서 우연히
마주친 척했지. 한 시간 반 정도 산책을 한 후에 동네로
돌아와, 로테를 전에 말한 그 샘터로 데려갔어. 로테는
나직한 돌담에 걸터앉았고, 나는 그 앞에 섰지.

'그리운 샘터여!'

나는 마음 속으로 중얼거렸어.

나는 로테를 보았지. 그리고 그녀가 나에게 정말 소중한

사람이라는 걸 깊이 느꼈어.

이 때 마리안네가 물을 떠 와 로테에게 주었어. 나는

그 모습이 너무나 귀여워 마구 뽀뽀를 해 주었지.

그러자 마리안네가 울었다네. 로테가 샘물로 씻어 주며 겨우

달랬지. 그녀의 모습이 천사처럼 보였어. 하느님이 우리를

대하시듯 어린이를 대해야 한다는 진리를 되새겼다네.

7월 8일

나는 이다지도 어린애 같을까! 로테가 한 번만이라도 나에게

눈길을 주었으면…….

오늘 우리는 발하임에 갔었지. 여자들은 마차를 탔고, 젊은

W군과 젤슈타트, 아우드란, 그리고 나는 마차 주위를

둘러싸고 걸었지. 마차 안의 여자들과 마차 밖의 남자들은

즐겁게 대화를 나누었네. 그 때 나는 로테의 눈길을 기다리고

있었지. 아아, 그런데 그 눈길은 다른 사내들에게로만 갔어.

나에게는 단 한 번도 주지 않았어. 애타는 내 마음도 모른 채,

그녀는 끝내 나를 쳐다보지 않는 거야.

이윽고 마차는 떠나갔지. 내 눈에서는 눈물이 핑 돌았어.

나는 멀어져 가는 마차를 멍하니 바라만 보았지. 그 때

로테의 머리 리본이 마차 창 밖으로 살짝 나오더니, 그녀가

뒤를 돌아다보는 게 아닌가. 아아! 나를 보기 위해서

그랬을까? 친구야! 나는 갈피를 잡을 수가 없었어.

'나를 돌아다본 거야.'

이런 생각만으로도 나는 기뻤지. 아아, 어쩌면 나는

이다지도 어린애 같을까!

7월 10일

사람들이 모인 자리에서 로테에 대한 이야기만 나오면

나는 얼마나 바보처럼 구는지 몰라.

누군가 내게 로테가 마음에 드느냐고 물으면 난 정말 싫어.

그녀를 보고도 사랑이 벅차오르지 않는 사람이 어디 있을까?

이 얼마나 무의미한 질문인가.

7월 11일

M부인이 매우 위독해. 간호하느라 애쓰는 로테가 안쓰러워.

오늘 로테는 놀라운 이야기를 들려주었지. M 부인의 남편은
탐욕스러운 수전노인데다가 평생 부인을 구박하고
괴롭혔다고 했어. 며칠 전, 의사가 부인에게 앞으로 살날이
얼마 남지 않았다고 알렸지. 그러자 그녀는 남편을 불러 놓고
이렇게 말했대.

"당신에게 고백할 게 있어요. 나는 30년 동안 줄곧 당신을
속여 왔어요. 당신은 생활비를 너무 부족하게 주었어요. 살림
규모가 가장 컸을 때에도 1주일에 7굴덴(화폐 단위)의 돈으로
꾸려 나가라고 했어요. 그래서 나는 모자라는 돈을 가게의
판매액에서 몰래 **빼냈지요.** 당신은 전혀 몰랐죠? 이런
고백을 하지 않더라도 마음 편히 저 세상으로 갈 수야
있지요. 다만, 내 뒤를 이어 살림을 꾸릴 사람을 위해서 알려
주는 거예요."

이 말을 듣고 로테와 나는 인간의 어리석음에 대하여
이야기를 나누었지. 구두쇠들의 어리석음에 대해서 말이야.

7월 13일

이건 나의 망상이 아니야. 로테의 검은 눈동자 속에 나의
운명에 대한 진실이 담겨 있다고 생각해. 나는 그것을 느낄

수 있어. 아아, 그녀는 나를 사랑하고 있었어! 나의 지나친
자만일까? 나 말고 로테의 마음을 사로잡을 사람은 없을
거야. 그러나 로테가 약혼자에 대해 애정어린 말투로
이야기할 때, 나는 모든 것을 빼앗긴 것처럼 허탈감이
들었어.

7월 16일

어쩌다 내 손이 로테의 손에 닿거나, 발이 테이블 아래에서
맞닿거나 할 때면, 아아, 뜨거운 피가 내 혈관 속에서
소용돌이를 친다네. 신비로운 힘에 이끌리는 나. 아아!
그런데도 천진난만하고 순수한 그녀는 이런 내 마음을 전혀
알지 못했어. 뿐만 아니라 그녀는 이야기 도중에 내 손을
잡기도 하고, 이야기에 열중한 나머지 나에게 몸을 바싹 기대
그녀의 입김이 내 입술에 와 닿는 일도 있었지.
그럴 때면 나는 벼락이라도 맞은 사람처럼 넋을 잃고 쓰러질
것만 같아. 그렇다고 내 마음이 타락한 것은 아니야. 다만
사랑 앞에 약해질 뿐이야. 어쩌면 약하다는 것이야말로
타락은 아닐까? 로테는 나에게 신성한 존재야. 그녀 앞에
서면 나의 모든 욕망이 잠잠해지지.

그녀는 천사처럼 소박하고 진지하게 피아노 연주를 하지.
첫 곡조가 울리기만 해도 나의 고뇌와 혼란은 곧 사라져.
그 감미로운 멜로디가 내 마음을 사로잡으면, 나의 갈등과
혼란은 홀연히 사라져 버리고 생기로 넘치게 되지.

7월 18일

빌헬름, 만일 이 세상에 사랑이 없다면 우리들의 마음은
어떻게 될까? 불빛이 없는 환등기와 마찬가지일 걸세.
환등기는 작은 램프를 끼워야만 갖가지 영상이 하얀 스크린
위로 나타나지.
그것이 비록 순간적인 환상에 지나지 않는다 하더라도
우리들이 그 신기한 그림자에 매혹되어 어린 소년처럼
들뜨고 황홀해한다면, 그것은 우리에게 행복을 가져다 주는
것이 아닐까?
오늘 나는 로테에게 가지 못했어. 나는 하인더러 로테에게
갔다 오라고 시켰지. 얼마나 마음을 졸이며 하인이
돌아오기를 기다렸는지 몰라. 이윽고 그가 돌아오는 것을
보고 내 가슴은 뛰었네. 형광석이란 돌은 낮에 햇빛을
흡수해서, 밤에도 얼마 동안 빛을 낸다고 하더군. 오늘,

하인이 내게 그러한 존재였네. 로테의 눈길이 하인의 얼굴,
빰, 저고리, 외투에 닿았다고 생각하니, 하인이 신성하고
소중하게 여겨졌어. 이렇게 나 자신을 기쁘게 해 주는 것,
이것이 한낱 환상일까?

7월 19일

"그녀를 만나야지!"
아침에 눈을 뜨면 나는 아름다운 태양을 보며 이렇게 외치지.
모든 것이 이 소망 속에 있으니까.

7월 20일

빌헬름, 나더러 공사(외교관의 하나)와 함께 ××로 가는 게
좋겠다고 하지만 나는 그럴 뜻이 없어. 나는 남에게 예속되는
걸 싫어하거든. 게다가 그 공사라는 사람도 싫고. 완두콩을
세고 있든 잠두콩을 세고 있든 결국은 그게 그거지.
세상만사가 따지고 보면 다 하잘것없는 것이야.
자기의 이상을 위해서가 아니라, 그저 남이 시키는 대로
일하며 돈과 명예를 얻으려는 자들이야말로 어리석은
사람들이지.

7월 24일

나는 지금 그림 그리고 싶지 않아. 로테를 만난 이후,
그림을 거의 그리지 못하고 있어.

지금처럼 내가 행복했던 적은 일찍이 없었어. 돌멩이
하나에서 풀잎에 이르기까지, 자연에 대한 감동이 지금처럼
충만했던 적도 없었지. 그런데 이것을 어떻게 표현해야
좋을지 모르겠군. 나의 표현력이 너무 빈약한 것 같아.

로테의 초상화를 세 번이나 그렸지만 모두 실패했어.
꽤 솜씨가 좋다고 자부했는데 안 되더군. 채색은커녕 겨우
그녀의 실루엣만 그렸지. 그것으로 만족할 수밖에 없었어.

7월 25일

다음은 오늘 아침 내가 로테에게 보낸 편지야.

사랑하는 로테! 내가 잘 알아서 할 테니, 부디 일을 많이

맡겨 주십시오. 얼마든지 좋아요.

나는 오늘도 그대의 편지에 입맞춤을 했소. 덕택에 편지지에

뿌린 모래(잉크 번지는 것을 막기 위해 사용함)가 입 속에

들어가 그만 으드득 씹고 말았다오.

7월 26일

로테를 자주 찾아가지 말자고 몇 번이나 결심했는지 몰라.

그러나 그게 지켜질 리 없지. 날마다 나는 핑곗거리를 만들어

어느 새 그녀 곁에 가 있곤 해. 또 어떤 날은 날씨가 좋아서

발하임으로 산책을 나갔다가는 그냥 돌아올 수가 없는 거야.

그 곳에서 로테의 집까지는 불과 반 시간밖에 안 걸리잖아.

우리 할머니는 곧잘 자석산 이야기를 해 주셨지. 배가 자석산

가까이 다가가면, 별안간 배 안의 쇠붙이란 쇠붙이는 모두

그 산으로 빨려들어가 버리는 바람에 뱃사람들은 산산이

흩어진 널빤지를 붙잡고 버둥거리다 가엾게 죽는다는

내용이었지. 바로 내가 지금 자석산에 가까이 다가간 것 같아.

알베르트와 만나다

1771년 7월 30일

알베르트가 돌아왔어. 이제 나는 이 곳을 떠나야만 하겠지.

비록 그가 나보다 기품 있고 훌륭한 인물이라 하더라도,

그토록 아름답고 완벽한 로테를 차지하고 있다는 사실이

무척이나 나를 고통스럽게 했어.

알베르트는 훌륭한 신사로, 누구나 호감을 갖는 인물이었어.

다행히 나는 그가 돌아올 때 그 자리에 없었지. 만일 로테와

알베르트가 만나는 장소에 있었더라면 내 가슴은 아마

갈기갈기 찢어졌을 거야. 그는 점잖아서 아직 내가 보는

앞에서 로테에게 키스를 한 적은 없어. 그가 로테를 존중하고
있다는 것만으로도 나는 그를 훌륭한 사람이라고 생각했지.
그도 나에게 호의를 보이고 있어. 그건 로테가 잘 말해
주었기 때문일 거야. 여하튼 나는 알베르트를 존경해. 그의
의젓함과 침착성은 나와는 달랐어. 그는 감수성도 풍부하고,
또 로테를 인정하고 있었지. 그리고 불쾌한 감정을 드러내는
일도 별로 없어. 알베르트는 나를 생각이 깊은 사람으로
여기고 있는 것 같아. 로테에 대한 나의 사랑을 보고
질투하기보다는, 오히려 승리감에 젖어 로테를 더욱
사랑하는 것 같았어. 그러나 가끔 작은 질투로 로테를
괴롭히는 일도 있겠지.

어쨌든 로테 곁에 있을 수 있는 나의 기쁨은 이제 사라져
버렸어. 알베르트가 돌아오기 전부터 이렇게 되리라는 걸
짐작하고 있었지. 로테에게 그 어떤 기대도 해서는 안 된다는
것을 알고 있어서 달리 기대한 것이 없었어. 하지만 약혼자가
나타나서 그녀를 빼앗아 가자, 나는 바보처럼 눈이
휘둥그레졌지. 스스로 비참하다는 생각이 들었어. 그래도
나더러 단념하라고 말하는 사람이 있다면 나는 그를 비웃어
주겠어. 그렇게 나약한 사람은 상대하고 싶지도 않아.

어제, 로테의 집으로 갔다가 그녀가 알베르트와 함께 정원의
정자에 앉아 있는 모습을 보았어. 순간, 나는 당황한 나머지
지나치게 흥겨워하며 바보처럼 굴었지.
"제발 그러지 말아요. 어제처럼 그렇게 엉뚱한 행동을 하시면
오히려 두려워져요."
오늘 나를 만나자마자 로테가 이렇게 말했어.
자네에게만 고백하는데, 나는 알베르트가 바쁜 때를 틈타
얼른 로테를 찾아가곤 해. 그녀가 혼자 있어야 좋으니까.

8월 8일

빌헬름, 운명에 순종해야 한다는 네 충고를 비난한 걸
용서해 줘. 네가 그런 생각을 하는 것도 따지고 보면 옳아.
그러나 세상일이란 모 아니면 도처럼 딱 부러지게 결말이
나는 경우는 극히 드물지. 마치 매부리코와 사자코의
중간에도 무수한 단계가 있는 것과 마찬가지지. 그러니 그게
옳다고 인정하면서도 또 다른 것도 인정하는 나를 나쁘게
생각하지는 말아 줘.
로테와의 사랑이 이루어질 희망이 있나 없나부터 알고 난 뒤,
밀고 나가든지 단념하든지 하라는 거지? 그 말은 맞지.

그러나 실천하기는 어렵군. 질병으로 서서히 죽어 가는
사람에게 용기를 내어 자살하라는 것과 마찬가지야.
난 잘 모르겠어. 나도 때로는 고뇌를 털어 버리고 뛰쳐나갈
수 있을 것 같은 용기가 치솟는 적이 있지. 만일 내가 가야 할
곳을 알기만 한다면, 나는 그 곳을 향해 꿋꿋이 걸어갈 거야.
얼마 동안 쓰지 않았던 일기를 쓰고 있어. 뻔히 알면서도
난 깊은 수렁 속으로 한 걸음 한 걸음 빠져들고 있어.
마치 어린애마냥 어쩔 수가 없군.

8월 10일

어리석은지는 몰라도, 나는 지금 최고로 행복해.
행복은 마음먹기에 따라 만들어지는 거지.
나는 지금 마을 어른들로부터는 애정을, 어린아이들에게선
존경을 받고 있고, 또 로테가 다정하게 대해 주니 이 얼마나
행복한가! 게다가 알베르트가 우정으로 감싸 주고 있어.
그는 로테 다음으로 나를 아껴 주고 있지. 알베르트와 내가
함께 산책하면서 로테에 대한 이야기를 주고받는 것을 누가
옆에서 듣는다면, 아마도 재미있을 거야. 우리 두 사람처럼
우스꽝스러운 관계가 또 있을까. 그걸 생각하면 나는 때때로

눈물이 핑 돌곤 해.

어느 날, 알베르트는 로테의 어머니에 대한 이야기를 나에게
해 주었지. 그녀는 숨을 거두면서 집안일과 아이들을
로테에게, 로테는 자기에게 부탁했다는 거야.

그 후 로테는 마음을 굳게 먹고 진짜 어머니처럼 동생들을
보살폈대. 그러면서도 언제나 쾌활하고 상냥했다더군.

알베르트는 곧 영주로부터 상당한 봉급을 받는 관직에
임명될 모양이야. 그는 영주의 사랑과 신임을 받고 있거든.
정말로 착실하고 부지런한 사람이지.

8월 12일

알베르트는 매우 훌륭한 사람이야. 그런데 어제 그와
한바탕 말다툼을 벌이고 말았어.

나는 작별 인사를 하러 그의 집에 찾아갔지. 여행을 떠나기
위해서였어. 지금 이 편지도 여행지에서 쓰고 있어.

그의 방 안에 들어서 보니 권총이 눈에 띄더군.

"저 권총을 좀 빌려 주시겠습니까? 여행을 하려는데
호신용으로 필요할 것 같아서요."

내 부탁에 그는 승낙했지.

"총알은 당신이 준비하세요. 나는 장식용으로 걸어 두었을 뿐, 우연한 사고가 일어난 후로는 이 위험한 무기에 손대지 않기로 결심했으니까요."

"무슨 일이 있었나요?"

"시골 친구 집에서 석 달 정도 머무른 적이 있었지요. 나는 총알을 넣지 않은 한 쌍의 소형 권총을 갖고 있었는데, 비가 내리던 어느 날 오후, 문득 강도가 들면 권총이 필요하리라는 생각이 들더군요. 그래서 하인에게 권총을 내주면서, 손질을 하고 총알을 넣으라고 일렀어요. 그런데 그 하인이 하녀들과 장난치다가 그만 총알이 발사되었지 뭡니까. 하녀의 오른손 엄지가 으스러져 큰 소동이 벌어졌지요. 나는 치료비까지 물어주었습니다. 그 뒤로 절대 총알을 넣지 않고 총만 가지고 있어요. 위험이란 예측할 수 없으니까요."

나는 알베르트를 무척 좋아했는데 차츰 아니었어. 그는 언제나 자기 말이 진리라고 주장하는 거야. 애매한 이야기도 자기 방식대로 꾸미고 수정하여 옳은 것처럼 그럴싸하게 만드는 거지. 이번에도 그랬어. 결국 나는 그의 말에 더 이상 귀를 기울이지 않다가, 무심코 권총을

내 오른쪽 이마에다 갖다 대었지.

"이게 무슨 짓이오?"

알베르트는 내 손에서 권총을 빼앗았지.

"총알도 없다면서 뭘 그러십니까?"

나는 대꾸했어.

"총알이 들어 있지 않더라도 이게 무슨 짓입니까? 사람이
어떻게 자살할 수가 있어요? 생각만 해도 불쾌해요."

"당신은 어떤 일을 말하면서, 그것은 어리석다, 이것은
현명하다, 저것은 좋다, 요것은 나쁘다, 이런 식으로 말하는
것이 버릇처럼 굳어졌군요. 그렇게 해서 바르게 판단할 수
있나요? 왜 그러한 행위가 나왔는지 그 원인을 명확히
알아야지요. 만일 내 말에 수긍이 간다면 그렇게 성급한
판단은 내리지 않을 겁니다."

"그것이 어떤 동기였던 간에 행위가 죄악이면
죄악일 수밖에 없습니다."

나는 어깨를 움츠리며 그의 말을 받았어.

"약간의 예외는 있지요. 도둑질이 죄악이라는 것은 의심할
여지가 없어요. 그러나 자기 자신과 가족들이 당장 굶어 죽게
되었을 때, 살기 위해 도둑질을 했다면 그자는 동정을 받아야

할까요, 아니면 벌을 받아야 할까요? 아내와 그녀의 비열한 정부를 살해한 남편, 또 한때 이성을 잃고 사랑의 환락에 빠진 소녀에게 누가 돌을 던질 수 있겠습니까? 냉엄한 법률가도 감동하여 형벌을 결정하지 못할 것입니다."

"감정에 사로잡혀 이성을 잃은 사람은 술 취한 미치광이나 마찬가지예요."

나는 웃으며 말했지.

"당신은 남의 일이라고 태연하게 말하는군요. 당신은 술 취한 사람을 나무라고, 미치광이를 비난하며, 바리새인들처럼 자기가 그런 인간이 아닌 것을 하느님께 감사하겠지요. 나는 술 취한 적이 여러 번 있습니다. 그래도 나는 후회하지 않습니다. 위대한 업적을 이룬 사람들은 옛날부터 모두 주정뱅이라든가 미치광이 취급을 받았었다는 것을 알고 있으니까요. 자유롭고 상상하기 어려운 일을 해내는 사람을 보면 누구나 미쳤다고 말하지요. 이건 정말 참기 어려운 일입니다. 부끄러운 줄 아시오, 훌륭한 알베르트!"

알베르트가 내게 말했지.

"베르테르, 당신은 무엇이나 지나치게 과장을 합니다. 당신의 논리는 부당해요. 지금 문제는 자살인데 그걸 위대한

행위와 비교하고 있으니 당치않지요. 자살은 의지가 약한
자의 행위로밖에 볼 수 없어요. 왜냐하면, 고통스런 삶을
견디며 살아가기보다는 죽어 버리는 편이 낫다고
도피하는 것이니까요."

나는 논쟁을 그만두려 했지. 나는 진지하게 이야기를 하고
있는데 그는 적당히 말재주만 부리고 있으니 말이야.

나는 마음을 가라앉히고 이렇게 말했지.

"의지가 약하다고요? 제발 겉만 보고 판단하지 마세요.
노력하고 견디는 것만 강하고, 이렇게 극도에 이른 감정은
약하단 말입니까?"

알베르트는 나를 물끄러미 보며 말했지.

"기분 나쁘게 생각하지 말아요. 당신의 말은
이치에 맞지 않는 것 같군요."

"그럴지도 모르지요. 나의 생각이 때때로 엉뚱하게
빗나간다고 비난받은 적도 있으니까요. 그렇다면 달리 말해
보지요. 삶을 포기하려고 결심하는 사람의 마음을 느낄 수
있는 사람만이, 그것에 대하여 이야기를 할 자격이 있습니다.
슬픔, 고통은 어느 한도까지는 견뎌 낼 수가 있지만,
그 한도를 넘어서면 파멸하고 맙니다. 이건 사람이

약하다든가 강하다든가 하는 문제가 아니라, 정신과

육체로써 고통을 얼마나 이겨 낼 수 있는가 하는 문제이지요.

자살하는 사람을 비겁하다고 하는 것은 악성 열병으로 죽어

가는 사람을 겁쟁이라고 하는 것과 같습니다."

"그건 지나친 억지입니다!"

알베르트가 외쳤지.

"당신이 주장하는 그런 억지는 아닙니다!"

나도 맞섰지.

"육체가 쇠약해져 어떤 방법으로도 소생이 불가능할 때,

우리는 그걸 불치병이라고 합니다. 우리의 정신도

마찬가지예요. 갖가지 억압에 시달리면 생각이 굳어지고

마침내 그는 자살하고 마는 겁니다. 건강한 사람이 곁에 있다

하더라도, 자기 힘을 환자에게 조금도 나누어 줄 수 없는

것과 다름없지요."

내 말은 알베르트에게 별 효력이 없었지. 그래서 나는 얼마

전에 연못에 투신 자살한 어떤 소녀의 이야기를 해 주었어.

"착한 아가씨였지요. 집안일만 돌보며 자랐답니다. 오직

즐거움이란 일요일이면 나들이옷을 입고 친구들과 어울려

교외로 산책을 나간다거나, 축제일에 무도회에

참석한다거나, 이웃집 처녀들과 수다를 떠는 것이

고작이었죠.

그러던 어느 날, 한 남자를 만나게 되었어요. 그러자 여태껏

알지 못했던 감정에 정신없이 빠져 모든 희망을 그 남자에게

걸고 주위의 세계를 잊어버렸어요. 오로지 그 남자만을

그리워했습니다. 바람이 나서 부질없는 쾌락을 즐기는 것이

아니라, 순수한 그녀의 소망은 오직 그의 아내가 되는

것이었지요. 지금까지 누려 보지 못했던 모든 행복을

그 남자와의 영원한 결합 속에서 찾아 내려 한 것입니다.
그 때, 그 남자가 그녀를 버렸습니다. 그녀의 세계는 온통
암흑이요, 아무 희망도 없었습니다. 세상으로부터 버림받고
혼자 외톨이가 된 기분이었겠지요. 그녀는 고통을 이기지
못하고 연못 속에 몸을 내던졌습니다. 죽음으로 모든
고통에서 벗어나려 한 것입니다.
알베르트, 이 여인의 경우가 아까 말한 병자와 마찬가지 이치
아니겠습니까? 이것을 곁에서 보고 어리석은 여자라고
말한다면, 그 사람이야말로 불쌍한 인간이지요. 그것은
열병으로 죽어 가는 사람을 보고 죽음을 이겨 내지 못한
바보라고 말하는 것과 다름없어요."
알베르트는 그래도 납득하지 못했어. 그 여자는 무지한
사람이며, 만일 넓게 생각했던들 그렇게 하지는 않았을
것이라는 거야. 나는 소리쳤지.
"알베르트! 인간은 다 마찬가지예요. 얼마쯤 이성을 지니고
있다고 해도, 열정이 고조되어 한계점에까지 다다랐을 때는
아무 소용이 없습니다."
나는 그만 모자를 들고 일어서 버렸어. 이렇게 우리는
서로 이해하지 못한 채 헤어졌지.

슬픔으로 얼룩진 사랑

1771년 8월 15일

이 세상에서 사랑보다 더 사람에게 필요한 것은 없을 거야.
로테는 나를 잃는 것을 두려워하고 있었어. 나는 그것을
느낌으로 알았지.

오늘 나는 로테의 피아노를 조율해 주러 갔어. 그런데 그
일은 하지도 못했지. 아이들이 이야기를 해 달라고 졸랐고,
로테도 그렇게 하라고 했기 때문이야. 나는 저녁에
아이들에게 빵을 잘라 주었지. 그런 다음, 골방에 갇힌 공주
이야기를 해 주었어. 공주가 굶어 죽게 되었을 때 천장에서

여러 개의 손이 내려와 먹을 것을 주었다는 내용이야.
아이들은 내 이야기를 듣고 어찌나 깊이 감동했는지 몰라.
어쩌다 내가 지어서 이야기해 주면, 아이들은 금세 지난번과
내용이 다르다고 말하는 거야. 그래서 지금은 틀리지 않도록
잘 외고 있지. 책도 그렇지. 독자에게는 첫인상에서 좋은
느낌을 받은 것이, 아무리 엉뚱한 이야기라도 최고지. 더구나
한번 받아들인 인상은 머릿속에서 지워지지 않지. 그것을
고치거나 없애면 독자들은 등을 돌릴 거야.

8월 18일

사람을 행복하게 만드는 것이 또한 사람을 불행에 빠뜨리는
원천이 되기도 하나 봐. 나를 커다란 기쁨으로 젖게 한
자연에 대한 뜨거운 감정이 오히려 지금은 나를 괴롭히고
있어.
바위 위에서 강 건너편의 골짜기를 굽어보노라면
모든 것들이 생기로 넘쳐흐르고 있지.
커다란 나무들이 울창하게 우거져 있는 산들과 아름다운 숲,
아름다운 구름이 담겨 있는 갈대 사이를 흐르는 시냇물,
새들은 사방에서 지저귀고 풍뎅이들은 풀숲에서

붕붕거리면서 날아다니고, 모래 언덕 저 멀리까지 작은
나무들이 오순도순 모여 자라고 있는 모습은 참으로
장관이었어. 이 세상에는 온갖 생물들이 대지를 뒤덮고
하늘 아래서 꿈틀거리고 있지. 생명을 지닌 것들이
천태만상으로 이 세상에 가득 차 있단 말이야.
그런데 인간은 작은 집에 모여 보금자리를 틀고 살면서
자기들이 넓은 세계를 지배하고 있는 줄 알아.
오, 가엾고 어리석은 사람들! 그들은 스스로가 보잘것없기
때문에 모든 것을 시시하게만 보는 거야. 그러나 창조자는
위대한 영혼을 지녔기 때문에 온갖 생물들을
존귀하게 여기며 기뻐하는 거지.
아아, 나는 학의 날개를 달고 넓은 바다를 건너 산기슭으로
날아가고 싶었어. 나는 위대한 창조자의 지극한 행복을
맛보기를 얼마나 갈망했는지 몰라.
그러나 지금 나는 자연으로 인해 심한 불안을 느끼고 있어.
무수한 생물들의 세계는 이제 내 눈앞에서 무덤으로 변해
버린 거야. 모든 것은 번개처럼 빠르게 사라져 가고 있어.
그런데 어떻게 존재한다고 말할 수가 있는가? 산책을 할
때만 해도 무심코 수많은 벌레들을 죽이기도 하고,

한 발자국을 내딛다가 공들여 쌓아올린 개미들의 집을
무너뜨려 그 작은 세계를 참혹한 무덤으로 만들기도 하지.
뜻하지 않게 마을들을 휩쓸어 버리는 홍수, 도시를 삼켜
버리는 지진도 있지. 나는 결코 재난 자체를 두려워하고 있는
게 아니야. 스스로를 무너뜨리려는 자연 속에 있는 파괴력이
무서운 거지. 나는 불안한 나머지 몹시 흔들리고 있어.
하늘과 땅 사이에서 작용하는 모든 힘들은 스스로를
집어삼키는 괴물이야.

8월 21일

아침에 눈을 뜨면 나는 자꾸 로테를 그리워해. 로테와 나란히
앉아 그녀의 손에 키스를 하는 환상에 도취되어 손을
더듬거리지. 그러다 퍼뜩 제정신이 들면 안타까운 마음에
눈물을 흘리기도 하지. 그럴 때면 나는 절망 속에서 밀려오는
슬픔을 이길 수가 없어.

8월 22일

정말 슬픈 일이야, 빌헬름. 아무 일도 손에 잡히지 않아.
그렇다고 언제까지나 허탈 상태에 빠져 있을 수도 없는

일이지. 이제 나에겐 아무런 생각도, 자연에 대한 흥취도 없어. 책 따윈 더더군다나 보기도 싫어. 나 자신을 잃어버린 것이지. 거짓말도 아니고 과장도 아니야.

나는 때때로 알베르트가 부러워. 서류 속에 파묻혀 있는 그가 나라면 얼마나 좋을까 하는 상상을 하곤 하지. 장관에게 편지를 써서 공사관에 일자리를 하나 얻어 달라고 할까 생각했었지. 그전부터 장관은 나를 아껴 주었고, 어떤 자리든 일을 하라고 권유했거든.

한순간 그럴까 하는 마음이 들다가도 이내 생각이 달라지곤 해. 한 우화가 생각났지. 어떤 말이 자유가 지겨워서 자기 몸에 안장과 마구를 얹어 달라고 했대. 그러고는 사람을 태우고 달리다가 마침내는 지쳐 쓰러지고 말았다지. 어떻게 해야 좋을지 갈피를 못 잡겠어.

친구야! 환경의 변화를 바라는 것은 초조감에서 비롯된 것이 아닐까? 그리고 환경을 바꾸어 어디를 가나 나를 뒤쫓아오는 것이 아닐까?

8월 28일

내 병이 나을 수 있는 것이라면 나를 치료해 줄 사람은 틀림없이 이틀일 거야.

오늘은 내 생일이야. 아침에 일어나자마자 알베르트로부터

소포를 받았지. 포장을 풀자 분홍색 리본이 눈에 띄었어.

로테를 처음 만났을 때 그녀의 가슴에 달려 있었던 것이지.

내가 몇 번이나 로테에게 달라고 졸랐던 것이었는데…….
그 외에 문고판 책이 두 권 더 들어 있었어. 호메로스의
작품들인데 내가 전부터 갖고 싶어했던 거지. 이들은 내가
바라는 것을 미리 알고서, 우정으로써 선물을 해 준 거야.
나는 로테의 리본에 수없이 입을 맞추었지. 그러면서 즐겁던
그 시절의 행복한 추억들을 되새겼어.
빌헬름, 이제 나는 불평은 하지 않겠어. 인생의 꽃이란
환상에 지나지 않는 거니까. 얼마나 많은 꽃들이 흔적조차
남기지 않은 채 떨어져 버렸는가. 열매를 맺는 꽃은 지극히
적고, 열매를 맺어도 온전히 익게 되는 것은 더구나 더 적지.
친구야, 그렇게 익은 열매를 대수롭지 않게 여기고 맛도 보지
않은 채 썩혀도 괜찮은 걸까?
잘 있어. 멋진 여름이야. 요즘 긴 장대를 들고 로테네
과수원에 가서 높은 가지에 달려 있는 배를 따곤 해. 그러면
로테는 나무 아래에서 떨어지는 배를 받는다네.

8월 30일
불행한 사나이여! 너는 바보인가? 끝없이 미쳐 날뛰는 이
정열은 도대체 무엇인가?

나는 이제 로테에 대한 기도 외에는 아무것도 몰라.

내 머릿속에 떠오르는 것은 오직 그녀의 모습뿐이야.

그녀 생각에 잠겨 있으면 나는 잠시나마 행복해지지.

하지만 이렇게 로테를 그리워하면 안 되겠지?

아아, 빌헬름! 내 마음을 나도 모르겠어. 로테 곁에

두 시간이고 세 시간이고 있으면 황홀하다가도 차츰

긴장되어 눈앞이 캄캄해지고 귀가 먹먹해지며 누가 목을

조르는 듯 답답해져. 그 괴로움에서 벗어나려고

발버둥치지만 오히려 혼란에 빠질 뿐이야.

그 괴로움은 슬픔에서 비롯된 것이지. 슬플 땐 로테 앞에서

실컷 울고 싶어. 견딜 수 없을 때는 그 자리에서 도망쳐 나와

들길을 헤매고 다니지. 길도 없는 숲 속을 헤매다 보면

속이 후련해져. 숲 속의 나무 그루터기에 앉아 쉬다가

나도 모르게 꾸벅꾸벅 졸기도 했지.

아아, 빌헬름! 참회의 수도복(가톨릭 수사나 수녀의 의복)에

가시로 된 허리띠(고통을 통해 참회하기 위한 도구로써 사용됨),

그리고 수도원에서 홀로 피정(세상을 피해 기도하는 것)하는

일, 이것만이 나에게 위안일 것 같아.

이 비참한 삶의 종말은 무덤밖에는 없을 것 같아.

이별, 가슴 아픈 일

1771년 9월 3일

나는 여기를 떠나야겠어. 줄곧 생각만 했는데 이젠 정말
떠나야겠어. 로테는 시내의 아는 부인 집에 가 있지. 그리고
알베르트는……. 그리고……. 어쨌든 나는 떠나야겠어.

9월 10일

안타까운 밤이었지. 지금 나는 모든 것을 참으며 견디고
있어. 이제 다시는 로테를 만나지 않을 거야. 아아, 로테는
지금 편안히 잠들어 있겠지.

다시는 나와 만나지 못하리라는 것을 꿈에도 생각지 못한 채.
로테와 두 시간이나 이야기하면서도 나는 끝내 내 계획을
말하지 않았지. 알베르트는 저녁 식사를 마치면 곧 로테와
함께 정원으로 나오겠노라고 약속했어. 나는 언덕의 밤나무
아래에 서서 그리운 골짜기와 강물 너머로 지는 해를
바라보았어. 로테와 함께 이 곳에서 그 장엄한 광경을
바라보곤 했었는데……. 로테도 이 곳을 무척 좋아했지.
이 곳은 내가 가 본 곳 중에서 가장 아름다운 곳이야. 우선
밤나무들 사이로 탁 트인 전망이 좋아. 게다가 너도밤나무
숲에 둘러싸인, 가로수 우거진 길 끝에 아늑한 곳이 있어.
어느 날, 처음 이 곳에 발을 들여놓았을 때, 나는 가슴이
뭉클했어. 그리고 이 곳이 장차 내 행복과 고뇌의 무대가 될
것 같은 예감이 어렴풋이 들었지. 이런 생각에 잠겨 있을 때,
두 사람이 언덕을 올라왔어.
나는 달려가서 그들을 맞이하며 로테의 손에 입을 맞추었지.
우리가 언덕 위에 오르자, 때마침 달이 떠오르기 시작했어.
이야기를 나누며 걷다 보니 어느 새 어두운 정자에 이르렀고,
로테는 정자 안으로 들어가 앉았지. 나는 그녀 앞을 이리저리
왔다 갔다 하다가 앉았지. 몹시 불안했어.

로테는 달빛의 아름다움을 보라며 나의 관심을 돌렸지.
너도밤나무 꼭대기에 걸린 청아한 달빛이 언덕을 환히
비추고 있었지. 참으로 아름다운 광경이었어.

"달밤에 산책을 하면, 나는 언제나 돌아가신 분들이
생각나요. 우리도 언젠가는 저 세상으로 갈 게 아녜요?
베르테르, 우리는 저 세상에서 다시 만나게 될까요? 서로의
모습을 알아볼 수 있을까요? 어떻게 생각하세요?"

로테는 감정을 실은 목소리로 물었지.

"로테!"

나는 그녀의 손을 잡으며 말했어.

"우리는 다시 만나게 됩니다! 이 세상에서나 저 세상에서나
다시 만나게 될 겁니다."

나는 더 이상 말을 계속할 수가 없었어. 빌헬름, 그녀는
하필이면 내가 이별을 생각하고 있을 때 그런 말을 묻다니!

로테가 다시 말을 이었지.

"이미 돌아가신 분들은 우리 일을 알고 있을까요? 우리가
건강하게 지내면서 그분들을 잊지 않고 있다는 걸 알고
있을까요? 그리운 어머니, 우리가 행복하게 지내는 모습을
보신다면 아마도 하느님께 감사드릴 거예요. 어머니께서

돌아가실 때, 나와 아이들의 행복을 하느님께
기도드렸으니까요."

아아, 빌헬름, 그 누가 그녀의 순결한 영혼을 표현할 수
있겠는가! 알베르트는 점잖게 그녀의 말을 가로막았지.

"로테, 당신은 마음이 너무 약해요. 제발 부탁이니……."

로테가 도중에 말했지.

"아아, 알베르트! 저녁마다 식탁에 둘러앉았을 때를 잊지
않으셨죠? 아버지는 여행에서 돌아오시지 않았고, 아이들은
재워 놓은 뒤였지요. 나는 어머니의 영혼과 이야기하는 것이
즐거웠습니다. 어머니는 아름답고 다정하며 부지런한
분이었어요. 나는 하느님께 부디 어머니와 같은 사람이
되게 해 달라고 기도했습니다."

나는 그녀의 말에 감동했어. 이보다 더 진실하고 다정한
말을 들어본 적이 없었지.

"로테, 하느님의 은총이 당신에게 있고, 또 어머니의 영혼도
결코 당신 곁을 떠나지 않을 겁니다!"

나의 이야기를 듣고 로테는 다시 말을 이었지.

"베르테르, 어머니는 젊은 나이에 돌아가셨어요. 막내가
태어난 지 채 6개월이 되기 전이었어요. 어머니는 죽음을

운명에 맡기고 있었지만, 아이들, 특히 어린 막내에 대해
못내 가슴아파하셨어요. 마침내 임종이 가까워지자,
어머니는 아이들을 모두 데리고 오게 하셨어요. 작은 애들은
아무것도 모르고 있었습니다. 아이들이 침대 주위에
둘러서자, 어머니는 두 손을 들고 기도를 해 주시고, 한
아이씩 차례로 입을 맞춰 준 다음 밖으로 내보내셨어요.
그리고 저에게 말씀하셨어요. 저 아이들의 어머니가 되어
달라고요. 그리고 아버지께는 어머니가 하신 것처럼 정성과
순종으로 위로해 드리라고 하셨어요. 그 때 저는 결심했지요.
알베르트, 당신은 그 때 방에 계셨죠. 어머니는 당신
말소리를 듣고 당신을 곁에 부르셨어요. 그리고 당신과 나를
보시며, 안심한 듯이 평온한 눈길을 보내셨어요."
그러자 알베르트는 로테의 목을 끌어안고
입을 맞추며 말했지.
"그래, 우리는 앞으로도 행복하게 살아갈 거요."
냉정한 알베르트도 자제력을 잃고 있었으며,
나도 제정신이 아니었지.
"베르테르, 그런 어머니가 돌아가셨어요. 아이들에게는
어머니를 잃은 것이 이 세상에서 가장 큰 슬픔이지요."

로테는 일어섰어. 나는 그제야 정신을 차리고
로테의 손을 잡았지.

"그만 돌아가겠어요. 밤이 늦었어요."

로테가 말하며 손을 빼려 했으나, 나는 더욱 힘을 주어
그 손을 잡았지. 나는 마음을 가다듬고 말했어.

"난 이 곳을 떠납니다. 그러나 영원한 이별이라고 생각하지
않습니다. 안녕히 계십시오, 로테! 안녕히 계십시오.
알베르트! 우리는 다시 만나게 될 겁니다."

"내일 말이지요?"

로테는 내 말을 농담으로 받아넘겼어. 그녀가 말하는
'내일'이 어떤 것인지 나는 똑똑히 느꼈지.

아아, 로테는 나와의 이별을 짐작조차 하지 못하는 거야.
로테와 알베르트는 가로수가 우거진 길을 나란히 걸어갔어.
나는 그 자리에 선 채 달빛 속을 걸어가는 두 사람의 모습을
바라보았어. 그러다 땅바닥에 주저앉아 울어 버렸지. 한참
후, 나는 벌떡 일어나 언덕 위로 뛰어올라갔어. 아래를
내려다보니 보리수나무 아래, 정원 출입구 쪽으로 걸어가는
로테의 하얀 옷자락이 어렴풋이 보였어. 나는 그 쪽을 향해
두 팔을 벌렸지. 그러나 그 모습은 곧 사라져 버렸어.

| 제2부 |

새로운 생활 속으로

1771년 10월 20일

우리는 어제 이 곳에 도착했어. 공사가 이것저것 까다롭게
굴지만 않는다면 견디기 쉬울 텐데. 하지만 나는 알고 있어.
운명이 나에게 시련을 주고 있다는 것을. 그러니 용기를
내야겠지? 즐거운 마음을 가지고 있으면 무슨 일이든지
견뎌 낼 수 있을 거야.

아아, 내가 좀더 명랑했더라면 이 세상에서 가장 행복한
사람이 되었을 텐데. 기가 막히는 일 아닌가.

다른 녀석들은 보잘것없는 힘과 능력을 갖고서도 보란 듯이

내 앞을 활보하고 다니는데, 나는 실력과 재능을 갖추고도
절망하며 살다니!

하느님, 당신은 어찌하여 나의 실력과 재능의 절반을
가져가시고, 그 대신 자신감과 만족감을 내리지 않으십니까?

참아야지. 참고 이겨 내면 잘 될 거야.

친구야, 네 말이 맞아. 세상 사람들과 어울려 일하며 살다
보니 나 자신을 알게 되었고, 또 자신감을 되찾았지.

행복과 불행은 비교하는 대상에 따라서 결정된다고 생각해.
그렇기 때문에 고독같이 위험한 건 없어.

행복이란 우리 자신이 만들어 낸 거짓 창조물에 지나지 않아.
또 힘이 약하면 약한 대로 온 힘을 다하여 오로지 앞을 향해
나아가면, 비록 느리다 하더라도 목적한 것을 이룰 수 있지.
그 때, 비로소 진정한 깨달음과 자신감이 생겨나지.

11월 26일

이 곳에서 그럭저럭 지낼 수 있을 것 같아. 무엇보다도
다행스러운 것은 할 일이 많다는 거야. 나는 여기서 C백작과
알게 되었어. 날이 갈수록 그를 더욱 존경하지 않을 수 없네.
넓은 식견을 가졌으며 인정도 많은 분이지. 남을 대하는 그의

태도에서는 언제나 우정과 사랑이 넘쳐나지. 우리는 서로
이해할 뿐 아니라 어떤 이야기라도 나눌 수 있다고 생각해.
나는 나에게 보여 주는 그의 허물없는 태도를 존경해.
뭐니뭐니해도 넓은 마음으로 터놓고 대해 줄 때 가장 참되고
따뜻한 기쁨을 느낄 수 있어.

12월 24일

공사는 참 불쾌한 사람이야. 예상했던 그대로야. 그렇게
고지식한 꽁생원도 없을 거야. 게다가 까다롭고 심술궂지.
그는 자신에게 만족하는 일이 결코 없으며, 누구에게도
감사할 줄 모르는 사람이야. 나는 일을 간결하게 처리하기를
좋아하고, 일단 끝난 것은 다시 뒤적거리지 않는 성격이지.
그런데 어느 날, 내가 써낸 문서를 되돌려주면서 공사는
이렇게 말하더군.
"이 정도면 괜찮지만 더 살펴보게. 좀더 정확한 표현, 더욱
적합한 접속사가 있을 테니까."
나는 속이 부글부글 끓어올랐지. '그리고', '하지만' 같은
하찮은 접속사 하나가 빠져도 안 된다는 거야. 이런 사람을
상대한다는 것은 그야말로 고통이야. C백작이 나를 믿어

주는 것이 유일한 위안이야.

최근에 그분은 나에게 공사의 까다로움을 솔직히
털어놓았지. 그런 사람들은 자기 자신뿐 아니라 남들까지도
괴롭게 만든다는 거야. 그리고 이런 말로써 날 위로했어.
"그러나 참고 견뎌야 해. 험한 산을 넘는 나그네와 같은
마음으로. 물론 산이 없으면 길을 가기가 훨씬 편하지.
하지만 산이 거기에 있으니 넘어가지 않을 수 없거든."
늙은 공사도 C백작이 자기보다 나에게 호감을 갖고 있다는
사실을 알고 있는 모양이야. 그게 못마땅한지 기회 있을
때마다 나에게 C백작의 험담을 늘어놓곤 해. 물론 나는
공사의 생각에 반대하고 나서지. 그랬더니 공사는 나를
점점 더 괴롭히는 것 같아.

어제는 몹시 화가 났어. C백작을 헐뜯으면서 은근히 나까지
함께 빈정거리는 거야.
"이렇게 하찮은 일은 C백작도 꽤 잘하지. 일도 빨리 하고,
글도 제법 쓰니까. 그러나 기초적인 학식은 부족해. 하긴
삼류 문장가들이 다 그렇지."
이렇게 말하면서 그는 '어때, 너도 좀 찔리지?' 하는
표정으로 나를 살피는 거야. 나는 흥분된 말투로 되받았지.

"C백작은 인품으로나 학식으로나 존경할 만한 분입니다. 실제
생활에서도 모든 면에 모범이 되는 훌륭한 분입니다."
아무리 말해도 공사에게는 쇠귀에 경 읽기야. 나는 더 이상
그의 헛소리를 들을 필요가 없기에 그 자리에서 물러나왔지.
이 곳에는 남보다 한 발짝이라도 먼저 올라가려고 쉴새없이
눈을 번득이는, 서글픈 집념을 불태우는 사람들이 많아.
그들을 보면 참으로 따분해. 그런 천박스러운 사람들을
나는 도무지 이해할 수가 없어.
요즘 나는 산책길에서 B라는 아가씨를 만나게 됐어. 그녀는
애교 있는 아가씨로, 격식을 차리는 생활 속에서도 타고난
순박함을 지니고 있지. 대화를 나누는 사이에 우리는 서로
마음이 잘 통했어. 헤어질 때 집에 한번 찾아가겠다고 했더니
그녀는 아무 거리낌 없이 승낙했어.
나는 그녀를 찾아갈 적당한 때가 오기를 기다렸지.
그 아가씨는 이 고장 태생이 아니고 친척 아주머니 집에서
묵고 있었어. 나이 많은 그 부인은 인상이 그다지 좋지
않았어. 그 부인은 재산도 별로 없고 재능도 없는,
내세울 것이라곤 가문뿐인 사람이었지.
그 부인의 즐거움이란 2층 창문에서 거리를 오가는 사람들을

내려다보는 일 정도야. 젊은 시절엔 변덕스러운 성격 때문에
청년들을 괴롭히기도 했다더군. 40대에는 나이 많은 장교와
함께 생활하기도 했는데 얼마 후에 죽었대. 지금 그녀는
50대의 나이로 의지할 곳 없는 신세인데, 마침 상냥한
조카딸인 B양이 그녀를 돌보아 주며 같이 지낸다는 거야.

1772년 1월 8일

한심한 사람들이야. 마음이 온통 격식에 사로잡혀서 어떻게
하면 한 자리라도 더 높은 자리를 차지할 수 있는지에만
신경을 쓰더군. 그들은 쓸데없는 일에 신경을 쓰느라 중요한
일을 놓치는 사람들이야. 지난 주에 썰매놀이를 갔었는데,
거기서 말썽이 생겨서 모처럼의 즐거움을 망쳐 버렸어.
원래 지위 같은 건 문제가 아니야. 지위가 높은 자가 중요한
역할을 하는 일은 매우 드문 법이지. 난 안목이 넓고, 다른
사람의 정열과 능력을 한데 모을 수 있는 지혜와 역량을 지닌
사람이 훌륭하다고 생각해.

1월 20일

로테에게 편지를 썼지.

사랑하는 로테!

나는 지금 시골 농가의 조그마한 방에 있습니다. 휘몰아치는 눈보라 때문에 이리로 피난을 온 것입니다. 서글픈 D시에서 나와 인연이 없는 사람들, 나와 교감할 수 없는 사람들 속을 헤매느라 당신에게 편지 쓸 마음의 여유가 없었습니다.

그러나 지금, 이 오두막집에서 혼자 외로이 눈보라를 바라보니 무엇보다도 먼저 당신이 생각났습니다.

이 집에 들어서는 순간, 당신의 모습이 강하게 떠올랐습니다. 지금 난 한순간도 행복하지 않습니다. 아무것도 없습니다. 나는 요지경을 들여다보고 있는 것 같습니다.

밤이 되면 내일은 일출을 보리라 결심하지만, 막상 아침이 되면 자리에서 일어나지 못합니다. 또 낮에는 달맞이를 하리라 결심하지만, 밤이 되면 또 방 안에 그대로 틀어박혀 있습니다. 무엇 때문에 일어나며, 무엇 때문에 잠자야 하는지 알 수가 없습니다.

참으로 여성다운 여성을 이 고장에서 한 사람 발견했습니다. B라는 아가씨로, 당신을 닮은 여자입니다.

당신은 거짓말도 잘 한다고 하겠지요. 맞습니다. 얼마 전부터 나는 남의 비위를 잘 맞추는 사람이 되었습니다. 그래서 이 곳 부인들은 나를 보고 칭찬을 잘 하는 사람이라고 합니다.
그건 거짓말도 잘 한다는 뜻이지요. 거짓말이 섞이지 않은
칭찬은 할 수가 없으니까요.

B양은 풍요로운 영혼을 지녔습니다. 그녀의 푸른 눈이
그것을 잘 드러내 주고 있습니다. 이 아가씨는 소망을 막아
버린 자신의 신분을 매우 짐스럽게 여기고 있습니다. 그녀는
또한 시끄러운 것에서 도피하려는 경향이 있으므로, 우리는
같이 전원 생활을 상상하면서 시간을 보내곤 합니다.

아아, 그리고 당신에 대한 생각도 물론 빼놓을 수 없지요!
그녀가 당신을 진심으로 존경한 적이 한두 번이 아닙니다.
억지가 아닙니다. 그녀는 당신에 대한 이야기를 듣고
싶어하며, 당신을 사랑하고 있습니다.

그립군요. 그 정다운 방에서 당신과 함께였더라면······.
태양이 찬란한 설경 너머로 장엄하게 넘어가고 있습니다.
눈보라도 지나갔습니다. 이제 나는 또다시 돌아가 새장 속에
갇힐 겁니다. 안녕히 계십시오! 알베르트는 지금 당신 댁에
있는지요? 어떻게 지내고 있습니까?

신이시여, 이런 질문을 용서하옵소서!

귀족들만의 파티

1772년 2월 8일

1주일 내내 좋지 않은 날씨가 계속되었어. 그러나 나로시는
오히려 좋아. 내가 이 곳에 온 이후, 날씨가 좋은 날이면
누군가가 내 기분을 망쳐 버렸기 때문이지. 아침에 해가
떠오르고 날씨가 좋을 듯하면, 나는 이렇게 생각해. 오늘도
하늘이 내리신 은총을 저희들끼리 서로 빼앗으려고
아우성이겠군. 그들이 서로 빼앗지 않은 것은 하나도 없지.
건강, 명성, 기쁨, 휴양……. 모든 것을 서로 빼앗고
빼앗기지. 때때로 나는 그들에게 간절히 부탁하고 싶은

마음이야. 제발 미치광이들처럼 얼빠진 짓은 하지 말아

달라고 말이야.

2월 17일

공사와 나는 더 이상 같이 일할 수 없을 것 같아. 그가 일을

처리하는 방식은 참으로 가소로워. 나는 반대 의견을 내기도

하지만, 내 판단에 따라 적당히 일을 처리하기도 해. 이것이

그의 비위를 단단히 건드린 모양이야.

최근에 그는 나에 대한 불만을 궁정에 보고한 것 같아.

그 결과, 나는 장관으로부터 질책을 받았고 사표 낼 결심을

하게 됐어. 그러던 중 장관에게서 편지가 왔어. 그 편지를

읽고 나는 나도 모르게 무릎을 꿇었어.

장관은 내가 너무 감정적임을 훈계한 다음, 활동성이라든가

다른 사람들에 대한 영향력, 일 처리 방식 등에 대하여 높이

평가하고, 그것을 잘 활용하여 성과를 거둘 수 있도록 하라고

권고하여 주었지.

사려 깊은 장관 덕택에 1주일쯤은 용기를 얻고 마음을

진정시킬 수 있었어. 마음의 평화라는 것은 값진 거야. 그것

자체가 하나의 기쁨이라고 할 수 있지. 친구야, 이 아름답고

귀중한 보석이 쉬이 부서지지 않으면 좋으련만…….

2월 20일

그 소식을 들은 후, 나는 그들을 위해 기도를 올리고
알베르트에게 편지를 썼지.

내가 사랑하는 두 분이여, 하느님께서 당신들에게 좋은 날들을 베풀어
주시기를 빕니다.
알베르트, 나는 두 분이 결혼 날짜를 알려 줄 것을 기다리고
있었습니다. 그 날 나는 로테의 초상화를 단호히 벽에서
떼어 내 다른 서류들과 함께 넣어 둘 생각이었지요.
이제 당신들은 부부가 되었습니다. 그러나 로테의 초상화는 여전히
벽에 걸려 있습니다.
그러나 그냥 놓아 두렵니다. 이대로 두면 안 된다는 법도 없으니까요.
그렇습니다. 나는 당신들과 함께 있는 것입니다. 당신에게 폐가 되지
않는 한, 나는 로테의 마음 속에 있을
것입니다. 나는 그 자리를 지켜 나갈 것이며, 그러지 않고는 견딜 수가
없습니다.
만일 로테가 나를 잊는다면, 나는 미치고 말 것입니다. 알베르트,
이러면 안 된다는 것쯤은 나도 알고 있습니다. 알베르트, 안녕히
계십시오! 그리고 그대, 하늘의 천사 로테여, 안녕!

3월 15일

불쾌한 일을 당했지. 이제 더 이상 이 곳에 있을 수 없어.
정말 화가 나서 참을 수가 없거든. 빌헬름, 어찌 된 사연인지
솔직하게 쓸게.

C백작이 나를 아끼고 돌보아 준다는 사실은 네게도 벌써
이야기했었지. 어제는 식사에 초대받아서 C백작 댁에 갔어.
저녁에 그 집에서 상류층 신사 숙녀들의 파티가 열리기로
되어 있었는데, 나는 그것을 몰랐어. 나와 같은 하급 관리가
그런 모임에 참석할 수 없다는 사실도 꿈에도 몰랐고.
아무튼 나는 백작과 식사를 같이 하였고, 식사 후 홀 안을
거닐면서 백작과 이야기를 주고받았어. 곧이어 도착한
B 대령과도 대화를 나누었지. 그러는 사이에 파티 시간이
다 되었나 봐. 근엄한 S부인이 남편과 더불어 들어왔지.
그들은 딸을 데리고 왔었어. 이 세 사람은 걸어오면서, 조상
대대로 물려받은 거만한 눈짓을 하고 있더군. 이런 족속들을
보면 그야말로 속이 메스꺼워지는 터라, 나는 그만
물러나야겠다고 생각했지.

그 때 B양이 들어 왔어. 나는 그녀와 이야기를 나누었지.
그런데 B양은 나하고 이야기를 하면서도 뭔가 난처한 듯한

태도를 보였어. 참으로 뜻밖이었지.

'이 여자도 저 높으신 양반들과 마찬가지인가?'

이런 생각을 하니 가슴이 답답해져서 그만 나오려고 했어.

그 사이에 손님들이 그득 모여들었어. 프란츠 1세의 대관식

때부터 내려오던 예복을 입은 F남작, 궁중 고문관 R과

J씨도 있었지. 이런 무리들이 줄을 이어 들이닥쳤어. 나는

아는 몇몇 사람에게 인사를 했는데, 이상하게도 모두들

말수가 적었고 태도가 평소와 달랐어.

'왜들 이러지?' 하며, 나는 B양에게 신경을 쓰고 있었어.

그런데 모두들 뭔가 수군거리고 있는 거야. 백작이

나를 창가로 데리고 갔어.

"자네도 알고 있겠지만 우리네 신분상 관례는

아주 까다롭거든. 자네가 이 자리에 있는 것이 모두들

못마땅한 모양이야. 나야 아무렇지도 않지만······."

"대단히 죄송하게 되었습니다."

미소를 지으며 나는 절을 하였지. 백작은 다정하게 내 손을

잡았는데, 그것으로 모든 말을 대신한 거지.

나는 그 고귀한 무리들 속을 슬며시 빠져 나왔어. 기분이

별로였지. 이륜마차를 타고 언덕 위로 올라갔어. 아름다운

석양을 바라보며, 오디세우스가 목자들에게 대접을 받는
호메로스의 감동적인 글을 읽었지. 기분이 좀 풀리더라고.
해가 진 뒤, 식사를 하러 시내로 돌아왔어. 레스토랑에는
몇 사람의 단골들이 구석 자리에서 테이블보를 벗겨 놓고
주사위를 굴리고 있더군.

그 때 고지식한 아델린이 들어왔어. 그는 모자를 벗고
나에게로 다가와서 나직한 목소리로 말을 건네더군.

"베르테르, 화가 많이 났겠군요?"

"무슨 말씀을 하시는지?"

나는 되물었지.

"백작이 당신을 파티에서 내쫓았다면서요?"

"괜찮아요. 어차피 지겨웠는데 밖으로 나와 바람을 쐬니
기분도 상쾌해졌어요."

"당신이 대수롭지 않게 생각하니 다행이군요."

아델린의 말을 들으니까 오늘 있었던 굴욕적인 일이
비로소 충격으로 되살아나더군.

'그렇다면 식사하러 왔다가 내 얼굴을 흘끔흘끔 보고 있던
녀석들은 모두 그 때문이었단 말인가!'

여기까지 생각이 미치니 분노가 치밀더군. 그뿐 아니라 나를

시기하던 자들이 수군거리는 소리를 듣고야 말았네.

"이제야 깨달았겠지. 머리가 좀 뛰어나다고 신분을 초월한 듯

거만하게 날뛰더니 꼴좋다!"

나는 내 심장에 칼을 꽂고 싶은 심정이야. 아아, 그 말들이

전혀 근거 없는 소리라면 못 들은 체해 버릴 수도 있으련만.

3월 16일

모든 것이 나를 화나게 하고 있어. 오늘 길에서 우연히 B양을

만났어. 나는 그녀에게 서운하다고 말했지.

"어머나, 베르테르. 어제는 얼마나 조마조마했는지 몰라요.

차마 귀띔도 못해 드리고 백작에게만 살짝 얘기했어요.

S부인과 T부인이 선생님과 동석할 바에야 남편과 함께

나가겠다고 했거든요. 백작은 그분들의 의견을 존중하지 않을

수 없는 처지이지요. 그래서 일이 그렇게 된 거예요."

그녀는 진심으로 말해 주었지.

"그랬었나요?"

나는 일부러 태연히 말했어. 어제, 아델린이 나에게 했던

말들이 그 순간 내 혈관 속에서 소용돌이쳤지.

"저도 그 때 얼마나 가슴이 아팠는지 몰라요."

다정스러운 그녀는 눈물을 글썽이며 말했어.

"모든 것을 사실대로 말해 주세요!"

나의 외침과 함께 그녀의 두 볼에서 눈물이 흘러내렸어.

나는 제정신이 아니었어. 그녀는 눈물을 닦으려고도

하지 않고 이야기를 시작하였지.

"저의 아주머니를 아시지요? 아주머니는 어제 저녁에도,

또 오늘 아침에도 제가 선생님과 교제를 하는 것에 대한

설교를 늘어놓으셨어요. 선생님을 변호하려 했지만 말도

못 꺼냈어요. 아주머니가 들어 주려고도 하지 않아요."

그녀의 말 한 마디 한 마디가 칼끝처럼 내 가슴을 찔렀지.

그녀는 이야기를 계속했어.

이런 소문이 퍼질 것이라는 둥, 전부터 나를 비난하고 있던

사람들은 거만한 내가 벌을 받았다는 둥의 말을 하더라고

전해 주었지. 진심으로 동정어린 말투로 들려주었어.

이야기를 다 듣고 나는 허탈감에 빠졌지. 지금도 미칠 것만

같아. 차라리 누군가가 직접 나를 비난한다면 오히려 가슴이

후련할 것 같은데…….

좋은 혈통을 이어받은 말은 지나치게 흥분했을 때

본능적으로 혈관을 물어뜯어 호흡을 진정시킨다고 하더군.

나도 그러고 싶어. 혈관을 찢어 영원한 자유를 얻고 싶어.

3월 24일

궁정에 사직서를 제출했네. 용서해 줘. 어차피 나는 이
고장을 떠날 수밖에 없으니까.

이 사실을 우리 어머니께 넌지시 전해 줘. 나 자신을
나로서도 어쩔 도리가 없으니, 내가 어머니께 힘이 되어
드리지 못하더라도 양해해 주시라고. 물론 어머니는
슬퍼하시겠지.

모처럼 아들이 추밀원 고문관(왕실 최고 자문 기관의
고위직)이나 공사가 되기를 꿈꾸며 발걸음을 내디딘 줄
아실 텐데 이렇게 그만두게 되었으니까! 아무튼 나는 떠날
거야. 내가 어디로 갈 거냐고 묻겠지?

이 고장에 ××공작이라는 분이 있는데, 나와 함께 지내고
싶은 모양이야. 그분은 내 결심을 전해 듣고는 함께 자기의
장원(중세 귀족이나 교회가 소유한 토지)으로 가서 아름다운
봄을 보내자고 했어. 그분은 내가 하고 싶은 대로 자유롭게
행동해도 좋다고 했지. 어느 정도 서로 이해하고 있는 터라
하늘에 운명을 맡기고 공작과 함께 갈 생각이야.

4월 19일

두 통의 편지, 고마워. 편지를 써 놓기만 하고 부치지 못했어.
어머니께서 장관께 내 사직을 막아 달라는 부탁을 할 우려가
있어서였지. 그러나 이젠 끝났어. 나의 해임이 결정되었어.
황태자께서 전별금으로 25두카텐(화폐 단위)을 하사하셨지.
그와 함께 보내 주신 글을 읽고 나는 감격의 눈물을 흘렸어.
덕택에 지난번 어머니께 부탁드렸던 돈은 필요 없게 되었어.

5월 5일

내일 이 곳을 떠나. 내가 태어난 S마을이 이 곳에서
6마일(거리 단위. 1마일은 약 1.6km) 정도 떨어져 있지.
오래간만에 잠깐 들러 볼 생각이야. 꿈결처럼 행복하던
지난날들을 회상해 보고 싶어. 아버지가 돌아가신 뒤,
어머니와 나는 마차를 타고 그 곳을 떠났지.
정든 그 고장을 떠날 때 지나갔던 바로 그 성문으로 들어갈
생각이야. 잘 있어, 빌헬름! 가는 도중에 또 소식 전할게.

5월 9일

경건한 마음으로 고향을 방문했어. 갖가지 추억이 나를

사로잡았어. S마을에서 약 15분 정도 떨어진 곳에 커다란
보리수가 한 그루 있어. 그 근처에서 마차를 세우고 내렸지.
걸어가면서 지난 추억을 생생하게 떠올려 보고 싶었어.
그 보리수 아래에서 걸음을 멈추었지. 아아, 어쩌면 이렇게도
달라졌을까! 소년 시절에는 이 곳에서 행복에 잠겨 미지의
세계를 동경했지. 넓은 세계로 나가면 갈망을 채워 줄 풍부한
양식과 기쁨을 얻을 수 있으리라고 믿었지.
그런데 그 넓은 세계에서 돌아온 지금의 나는……. 아아,
친구야! 그 많던 희망은 헛되이 사라지고, 갖가지 계획은
여지없이 허물어져 버렸어.
시내로 가면서 낯익은 풍경을 만나니 무척 반갑더군. 나는
그 하나하나에 인사를 보냈어. 새로 생긴 집들이며 여기저기
보이는 변화가 마음에 들지 않더군. 그러나 시내로 들어가는
성문을 지나자 나는 완전히 옛날로 되돌아간 것 같았어.
나는 시장 맞은편, 옛날 우리 집 바로 옆에 있는 여관에
묵기로 하였지. 가다가 보니 어린 시절에 공부했던 학교
교실은 잡화점이 되어 있더군. 그 속에 갇혀서 겪어야 했던
불안과 눈물, 그리고 지루함과 애달픔이 떠올랐지.
이야기하고 싶은 것은 많지만, 한 가지만 더 이야기할게.

나는 강을 따라서 집이 있는 곳까지 걸어 내려갔어. 우리들이
물수제비뜨기 시합을 했던 곳이야. 나는 때때로 흘러가는
물줄기를 따라 시선을 옮기면서, 머릿속으로는 물길이 닿는
머나먼 고장, 신비에 가득 찬 세계를 그리고 있었지.
친구야, 우리 조상들은 한정된 세계 속에 살면서도
행복하지 않았던가! 오디세우스가 무한한 바다와 대지에
대하여 이야기했을 때, 그 말은 진실한 마음에서 우러나온
것이요, 신비로운 것이었지. 하찮은 지식이 무슨 소용이
있었겠어. 인간에게 필요한 땅은 그리 넓지 않아.
땅 속에 잠들기 위해서라면 더욱 좁은 땅만으로도 충분하지.
지금 나는 공작의 산장에 와 있어. 공작과는 즐겁게 지낼 수
있을 것 같아. 그는 직선적이고 꾸밈이 없는 사람이야.
그런데 그를 둘러싸고 있는 사람들의 정체는 알 수 없어.
나쁜 사람들 같지는 않지만, 그렇다고 진실해 보이지도 않아.
공작은 나의 지성과 재능을 나의 영혼보다 높이 평가하고
있지. 영혼이야말로 나의 유일한 자랑거리인데 말이야.
그것만이 모든 힘, 기쁨, 불행의 원천이라고 생각해.
내가 지니고 있는 지식은 누구나 익힐 수 있는 것이지만,
나의 영혼은 나만이 지니고 있는 거지.

5월 25일

나는 한 가지 계획을 세우고 있었는데, 그것이 실현되기
전에는 말하지 않을 생각이었어. 그러나 그것도 사라져 버린
지금은 아무 상관 없지.

나는 전쟁터에 나갈 생각이었어.

이 계획을 나는 오랫동안 마음 속에 간직하고 있었지.
공작을 따라 이 곳에 온 것도 주로 그 이유 때문이었지.
공작은 ××에서 근무하는 장군이거든.

같이 산책을 나갔을 때 공작에게 이 계획을 털어놓았어.
그러자 그는 나를 타이르며 그만두라는 것이었어.

따지고 보면, 그 계획은 열정이라기보다 변덕에 불과한
것인지도 몰라. 열정이었다면 그의 말을 따르지
않았을 테니까.

6월 11일

난 더 이상 이 곳에 머무를 수가 없어. 공작은 나를 잘 대접해
주고 있으나 여긴 눌러살 만한 곳이 못 돼. 공작은 극히
현실적인 사람이야. 그와 교제하는 것은 재치 있게 쓰인
책을 읽는 것 이상의 즐거움을 주지 못해. 1주일쯤 이 곳에

더 있다가 다시 정처 없는 길을 떠나야겠어. 여기에서 내가
한 일 가운데 가장 잘 한 것은 그림을 그린 일이지. 공작은
예술에 대해서 어느 정도 감각을 갖고 있어. 만일 학문의
틀에 얽매이지 않았다면 날카로운 감수성을 지닐 수 있었을
거야. 내가 상상력으로 자연과 예술의 세계를 설명해 줄 때,
그는 진부한 말로 받아넘겼지. 그럴 때 나는 몹시
안타까웠어.

6월 16일

그래. 나는 다만 한 사람의 나그네요, 한낱 순례자일 뿐이야.
다른 사람들은 그 이상의 존재일까?

6월 18일

빌헬름, 어디로 갈 작정인지 네게만 살짝 알려 줄게.
앞으로 2주일 동안은 이 곳에 있지만, 그 후엔 ××광산을
찾아가려고 해. 이건 사실 구실에 지나지 않아. 나는 다만
로테 곁으로 다시 가고 싶은 거야. 그게 내 마음이고, 결국
나는 그것을 따를 수밖에 없어.

다시 로테 곁으로

1772년 7월 29일

내가 그녀의 남편이라면 얼마나 좋을까!

신이시여, 이 덧없는 소망을 용서하소서. 그녀가

내 아내라면!

아아, 빌헬름, 로테는 알베르트보다 나와 결혼해야 더

행복해질 수 있어. 알베르트는 그녀의 소망을 충족시켜 줄 수

있는 인물이 못 돼. 사물에 대한 감각에 결함이 있어.

그는 감정이 메마른 사람이야.

빌헬름! 하지만 그는 로테를 진심으로 사랑하고 있어. 그만한

사랑이면 보답을 받을 만한 가치가 있어. 나의 눈물은 이미
말라 버렸고 마음은 몹시 혼란스러워. 잘 있어, 빌헬름.

8월 4일

이런 불행은 나만의 것이 아니야. 인간은 누구나 희망에 속고
기대에 배신당하는 거지.

오랜만에 보리수 아래에 살고 있는 마음씨 고운 부인을
찾아가 보았지. 그 부인은 예전과 달리 기운이 없어 보였어.

"아아, 선생님이시군요. 우리 막내 한스가 죽었어요."

나는 그만 말문이 막혔지.

"바깥양반도 스위스에서 돌아오긴 했지만 빈털터리였어요.
게다가 오는 도중에 열병에 걸렸지요. 친절하신 분들이
돌보아 주지 않았더라면 거지꼴이 되었을 거예요."

나는 할 말을 잃고 아이의 손에 돈 몇 푼을 쥐여 주었을
뿐이야. 그녀가 주는 사과 몇 알을 받아들고 나는 슬픈
추억의 장소를 떠나왔지.

8월 21일

사람의 마음이란 쉽게 변하는 건가 봐. 어떤 때는 내게도

인생의 즐거움이 다시 찾아올 것 같은 느낌이 들어.

아아! 그러나 그것은 다만 한순간이야. 아련한 꿈 속 같은

기분에 잠겨 있을 때 나는 이런 생각을 하지.

'만약 알베르트가 죽는다면? 그러면 내가…….'

끝없는 망상에 빠져 허우적거리다 몸서리를 치며 다시

정신을 차리는 거야.

로테와 함께 무도회장으로 갔던 길은 많이 변했더군. 모든

것이 다 사라져 버렸어! 이 고장 영주가 아들에게 물려주었던

호화로운 성곽이 완전히 잿더미로 변해 버렸어.

9월 3일

내가 로테를 이토록 진심으로 사랑하고 있는데, 어떻게

또 다른 사람이 그녀를 사랑할 수가 있단 말인가? 나는 그녀

이외에는 아무것도 갖고 있지 않아.

9월 4일

가을이 되니 내 마음도 가을이 되어 가고 있어. 나라는

나무의 잎사귀도 누렇게 물들어 벌써 떨어지고 있어.

언젠가 이 곳의 농가에서 머슴살이를 하고 있던 젊은 하인

이야기를 한 적이 있었지? 그가 주인집에서 쫓겨난 후
아무도 그의 소식을 모르더라고. 그런데 어제, 다른 마을로
가던 도중에 우연히 그 청년을 만났지. 청년의 이야기를 듣고
나는 거듭 감동했어.

그의 고백에 따르면, 여주인에 대한 사모의 열정이 갈수록
깊어져 나중엔 제정신이 아니었대. 먹을 수도, 마실 수도,
잠을 잘 수도 없었다는 거야. 마치 도깨비에 홀린 것같이
되었대. 마침내 어느 날, 그 여주인이 2층 방에 올라가는
것을 보고 자신도 모르게 이끌려 따라갔다더군. 하지만
그녀는 그를 거절했고, 그는 자신도 모르게 행패를 부렸다는
거야. 그는 자신이 왜 그랬는지 모르겠다고 했어. 자신이
진심으로 바랐던 것은 그녀와 결혼해서 한평생 같이
살아가는 것이었다며, 그 마음은 하느님도 알고 계실 거라고
했어. 더구나 그는 그 동안 여주인과 상당히 친숙해졌다는군.
그와 여주인 사이가 어긋난 데는 다른 이유가 있었어.
친구야, 나는 지금 내 눈앞에 서 있는 그 청년을 그대로 보여
주고 싶어. 내가 그를 동정할 수밖에 없다는 것을 알게 하기
위해서지. 그는 정말 불행한 청년이야.
여주인에게는 오빠가 있는데 전부터 그 청년을 미워했고,

결국엔 그를 모함해 쫓아 내고 만 것이지. 누이동생에게는
아이가 없었으므로 그 유산을 탐낸 거야. 그는 청년을 내쫓은
뒤에 나쁜 소문까지 퍼뜨렸대. 그래서 여주인은 그 청년을
다시 집에 들일 수가 없게 된 거야.

지금은 다른 사람을 고용하고 있는데, 그 사람과 결혼할
거라고 해. 청년은 목숨을 걸고 그걸 막을 결심이라고 말했어.
지금까지의 이야기는 조금도 과장이 없는, 꾸미지 않은
이야기야. 이건 살아 있는 진실이야.

우리가 교양이 없다거나 상스럽다고 말하는 사람들이 바로
순수한 거야. 이른바 교양 있는 사람들은 교양으로 인해
정신의 장애인이 되지. 부디 이 이야기를 진지하게 읽어 줘.
이건 나의 이야기이기도 하니까. 아니, 앞으로 일어날
일인지도 모르지. 나는 이 가엾고 불행한 청년에 비하면
절반의 결단력도 없어. 그와 비교하기조차 부끄러울 따름이야.

9월 5일

로테는 시골에 출장 가 있는 남편에게 편지를 썼지.

사랑하는 당신, 빨리 돌아와 주세요. 기쁨으로 그 날을

기다리고 있습니다.

그런데 한 친구가 찾아와서, 알베르트는 빨리 돌아올 수 없게
되었다는 소식을 전해 주었지. 로테는 그 편지를 부치지 않고
그대로 두었고, 급기야 내 눈에 띄고 말았지. 나는 그걸 읽고
미소를 지었어. 왜 웃느냐고 로테가 물었지.
"나는 잠시 이것을 나에게 쓴 편지라고 상상해 보았거든요."
로테는 입을 다물어 버렸어. 기분이 언짢은 모양이었어.

9월 6일
결단을 내리기가 무척 힘들었지. 그렇지만 로테와 처음으로
춤출 때 입었던 푸른 연미복을 벗어 버리기로 했어. 이젠
아주 낡았거든. 그래서 깃이며 소매를 그것과 똑같이 해서
새로 한 벌 맞추었어. 조끼와 바지도 이전과 같이 노란색으로
했지. 그런데 어쩐지 옷이 잘 맞지 않고 어색하기만 해.
하지만 시간이 가면 차차 마음에 들겠지.

9월 12일
그 동안 알베르트를 마중하기 위해 로테는 여행을 떠나고

없었어. 그런데 오늘 찾아가니, 로테가 나를 맞아 주더군.
나는 너무 기뻐서 그녀의 손에 입을 맞췄지. 카나리아
한 마리가 경대 위에서 로테의 어깨로 날아와 앉았어.
"새로운 친구예요. 동생들에게 줄 선물인데 여간 귀엽지
않아요. 저에게 키스도 해요."
로테가 입술을 내밀자, 새는 아주 귀엽게 그녀의 입술에
부리를 갖다 대었어.
"당신께도 입 맞추게 해 드릴게요."
로테는 내 앞으로 카나리아를 쑥 내밀었지. 그 조그만 부리가
로테의 입과 나의 입을 간접적으로 닿게 해 주었어.
"뭔가를 달라고 간절히 원하는 듯하군요. 먹이를 찾는 것
같아요. 애교를 부려도 아무것도 주지 않으니 허전해하는 것
같기도 하고."
"제 입으로 주는 모이를 아주 잘 받아먹는답니다."
로테는 빵 조각을 입에 물고 새에게 먹여 주었어. 그 입술은
사랑의 기쁨에 넘쳐 있었지.
그렇게 청순하고 행복한 모습을 보면, 내 상상력은 날개를
펴고 날아가지 않을 수 없네. 무기력하게 잠자고 있는
내 영혼을 다시 일깨워 주네.

9월 15일

빌헬름, 귀중한 것에 대하여 이해심도 없고 감정도 없는
사람은 불쌍한 사람이야.

시골 마을의 목사를 찾아갔을 때, 로테와 내가 호두나무
그늘에 앉았던 거 기억하고 있겠지? 참으로 멋진 나무였지!
그 나무 때문에 목사관이 친근하게 느껴졌는지도 몰라.
그 시원스러운 나무 그늘과 그 무성한 가지들! 그 나무를
볼 때마다 먼 옛날, 그 나무를 심었을 성실한 목사가 떠올라
성스러운 기분이 들었지.

어제, 그 호두나무가 잘렸다는 이야기를 꺼내는 학교 선생의
눈에는 눈물이 그렁그렁하였어. 베어 버리다니! 그런 나무가
늙어서 말라 죽었을 경우라도 슬픔을 못 견디었을 내가
이 일을 잠자코 보고 있어야만 하다니!

나무를 베어 버린 것을 보고 온 마을 사람들이 투덜거리기
시작했어. 새로 부임한 목사의 부인은 버터며 달걀 같은
선물이 적게 들어오는 것을 보고, 자기가 마을 사람들에게
얼마나 인심을 잃었는지 깨닫게 될 거야. 나무를 베게 한
사람이 바로 그 여자거든. 목사 부인은 마르고 허약한
여자였지. 아무도 그녀에게 관심을 가져 주지 않았어.

그녀는 성서 연구에 몰두하고, 비판적 기독교 개혁에
열광적으로 참여한 덕택에 건강이 나빠졌다더군. 한 마디로
삶의 기쁨도 모르는 그런 여자니까 호두나무를 베어
버렸겠지.

낙엽이 지면 뜰이 지저분해지고, 잎이 무성할 때는 햇빛을
가리고, 호두가 열리면 아이들이 돌을 던지니 신경에 거슬려
성서 연구에 몰두할 수가 없다는 거야. 이게 그 호두나무를
베어 버린 이유야.

그 후, 고소한 일이 생겼어. 촌장과 목사는 그 나무 판 돈을
둘이서 반반씩 나누어 갖기로 했다는데, 그 호두나무가
관리소 소유라 경매에 부쳐지게 되었지.

어쨌든 호두나무는 땅바닥에 쓰러졌어. 아아, 내가 영주라면
목사 부인이나 촌장, 관리소를 모두 가만두지 않았을
텐데……. 아니야, 내가 만일 영주라면 호두나무 따위에
신경을 쓰고 있을 턱이 없지!

10월 10일

로테의 검은 눈만 보아도 나는 행복해져. 그런데 못마땅한
것은, 알베르트가 별로 행복해 보이지 않는다는 점이야.

이건 기분 좋아서 하는 말이 아니야. 내가 무슨 말을
하려는지 자네는 이해할 수 있겠지?

10월 12일
오시안! 이 위대한 시인이 나를 끌어들였어.
그의 『오시안의 노래』는 그야말로 신비로운 세계 그
자체였어.

"나는 피어나는 안개에 싸여 희뿌연 달빛 속에서
비바람에 시달리며 황야를 방황한다네.
줄지어 있는 산들 저 너머에서, 골짜기의 요란스러운 시냇물
소리와 더불어 동굴 속 망령들의 신음 소리가 끊어질 듯
끊어질 듯 들려오네. 소녀의 통곡 소리도 들려오네.
그녀는 싸움터에서 용감하게 싸우다 스러져 간
애인의 무덤, 잡초로 덮이고 이끼가 낀 네 개의
묘석 앞에서 애절하게 탄식하고 있네."

아아, 친구야! 소녀의 통곡 소리가 내 가슴을 찢는 것 같아.
그 고통으로부터 해방시켜 주고 싶어.

10월 19일

아아, 이 공허! 무서운 공허! 나는 수없이 생각하곤 하지.

꼭 한 번만이라도 로테를 이 가슴에 안을 수만 있다면

이 공허는 완전히 메워질 텐데…….

10월 26일

친구야, 나는 점점 더 확실히 느끼고 있어. 한 인간의 존재란

결국 아무것도 아니야.

로테네 집에 그녀의 여자 친구가 한 사람 찾아왔었어.

나는 그 옆방으로 책을 가지러 갔다가 책 읽기가 싫어서 펜을

들고 끄적거리고 있었지. 그 때 두 사람이 나지막하게

이야기하는 소리가 들렸어. 아무개가 결혼을 한다느니,

아무개, 아무개는 병이 들었는데 심상치 않다느니 하는

따위의 하잘것없는 이야기였지.

두 사람의 이야기를 듣고 나의 상상력이 활발하게 움직이기

시작했어. 나는 그들이 말한 병든 자들의 불행한 모습을

머릿속에 그렸지. 그들은 삶을 등지고 죽는 것을 얼마나

싫어했는지 몰라. 빌헬름, 그러나 이들은 아무렇지도 않게

그 이야기를 하고 있었어.

나는 주변을 둘러보았지. 로테의 의복, 알베르트의 서류,

그리고 가구들이 보였지. 그것들은 모두가 나에게는 정든

물건들이야. 심지어는 잉크병까지도…….

나는 생각에 잠겼지.

'도대체 나는 뭔가? 두 사람 다 나의 친구요, 나를 존경하고

있어. 그러나 지금 내가 그들 곁에서 사라져 버린다면

그들은 언제까지 슬픔을 느낄 것인가?'

아아, 인간은 정말 덧없는 것이야. 자신의 존재가 가장

인상 깊게 남아 있을 연인의 영혼 속에서조차 흔적도 없이

사라져 버리는 거지. 그것도 눈 깜짝할 사이에!

10월 27일

이 가슴을 찢어 버리고 싶어. 어째서 인간들은 이다지도
타인에게 차가울 수 있을까.
아아, 사랑도 기쁨도 우정도 즐거움도 내가 남에게 주지
않으면 아무도 나에게 주지 않아. 그리고 진심을 다하여 남을
행복하게 해 주려 해도, 그림자처럼 차갑게 서 있는
사람에게는 아무 효능이 없어.

10월 27일 저녁

내가 지니고 있는 것은 많으나, 로테를 생각하는 마음이
모든 것을 집어삼켜 버리고 말아. 아무리 가진 것이 많더라도
그녀가 없다면 아무것도 없는 거야.

10월 30일

나는 벌써 여러 번 로테의 목을 와락 끌어안으려 했었지.
이토록 사랑스러운 그녀가 눈앞에 어른거리고 있는데
손을 내밀어 잡아서는 안 된다니…….
이 안타까운 심정을 누가 알까?
아이들은 갖고 싶은 것이 눈에 띄면 얼른 붙잡으려 하지

않는가. 그런데 나는?

11월 3일

나는 가끔 깨어나지 않기를 바라면서 잠자리에 들어.
그러나 아침이 되면, 나는 다시 눈을 떠 태양을 보고,
그리고 비참한 심경이 되지. 이 모든 죄가 나에게 있는 거야.
사실 죄라고는 할 수 없지만, 모든 불행의 원인이 내 마음
속에 숨어 있는 것은 사실이지.
감격에 겨워 기뻤을 때나 지금의 내 모습은 다를 바 없지만,
이제는 감동도 솟아나지를 않아. 눈물도 메말라 버렸고
불안에 떨며 지내고 있어. 이 괴로움은 기쁨을 잃었기
때문이야. 내 주위의 온갖 세계를 새롭게 살아나게 했던
그 힘이 사라져 버렸기 때문이야.
창문 밖으로 멀리 언덕을 바라보면, 아침 햇살이 언덕 위에서
안개 속을 뚫고 초원을 비추고 있지. 강물은 잎이 다 져 버린
버드나무 사이를 구불구불 조용히 흐르고 있고. 그런데
이 풍경도 마치 칠을 입힌 유화처럼 딱딱해져 버렸어.
당연히 환희를 느껴야 할 광경도 이제 나에게 한 방울의
행복조차 가져다 주지 못해.

128

나는 몇 번이나 땅바닥에 엎드려 눈물을 내려 달라고
하느님께 빌었지. 마치 대지가 말라 버렸을 때에 농부들이
비를 갈구하듯이. 그러나 아아, 나는 알고 있어.
우리들이 애원한다고 해서 하느님이 비나 햇빛을
내려 주시지는 않는다는 것을.
되돌아보면 괴로운 그 시절이 왜 그토록 행복했던 것일까!

11월 8일

로테가 나의 무절제를 충고해 주었지. 아아, 그것도 지극히
다정스럽게! 단번에 포도주 한 병을 몽땅 비워 버리는,
그런 나의 무절제를 충고해 준 거야.
"그러면 안 돼요. 제 생각도 좀 해 주세요."
나는 좋아서 얼른 말했지.
"로테! 당신을 생각하다뿐이겠습니까! 당신은 언제나
내 마음 속에 있어요. 오늘도 나는 며칠 전에 당신이 마차에서
내렸던, 바로 그 장소에 앉아 있었답니다."
로테는 화제를 돌려서, 내가 더 이상 그런 말을 하지 못하게
막았지. 친구야, 이제 나는 내가 아니야. 그녀가 나를
마음대로 조종하고 있으니까.

수렁 속의 행복

1772년 11월 15일

고마워. 빌헬름! 나를 염려한 충고 정말 고마워. 그러나

안심해. 나는 끝내 버텨 낼 테니까. 나는 종교가 병든

사람들에게 소생의 힘이 될 수 있음을 잘 알고 있어.

나에게는 종교가 그 어떤 역할을 하고 있을까?

죽음이란 하느님의 아들의 입술에도 쓰디쓴 것인데,

내가 어찌 달콤한 체하겠어.

'나의 하느님, 나의 하느님, 어찌하여 나를 버리시나이까?'

십자가 앞에 선 예수님의 이 부르짖음은 오직 자기밖에

의지할 데 없는, 막다른 곳에 몰린 자의 외침이니까.

또한, 그 순간을 두려워할 필요도 없겠지. 하느님의

아들조차도 피할 수 없는 순간이니까.

11월 21일

로테는 깨닫지도, 느끼지도 못하고 있어. 그녀가 나와 자신을

파멸시키는 독약을 만들고 있다는 것을. 그리고 나는 그것을

기꺼이 들이마시지. 그녀의 다정스러운 눈매, 내 마음을

받아 주며 나의 괴로움을 애처로워하는 마음. 그것은 도대체

무엇을 의미하는 걸까?

어제 내가 돌아오려 할 때, 그녀는 내게 손을 내밀며 말했어.

"안녕히 가세요, 사랑하는 베르테르."

그녀가 '사랑하는'을 붙여서 나를 부른 것은 처음이야.

가슴 깊이 사무치는 말이었지. 나는 그 말을 입 속으로

수백 번이나 되풀이했지.

밤에 잠자리에 들면서도 혼자 중얼중얼 되풀이하다

나도 모르게 이런 말이 튀어나왔어.

'잘 자요, 사랑하는 베르테르.'

나는 그만 웃고 말았지.

11월 22일

"하느님, 로테를 저에게 맡겨 주십시오!"

이렇게 기도할 수는 없지. 그러나 가끔은 그녀가

내 것인 듯한 생각이 들기도 해.

"그녀를 제게 주소서."

이렇게 기도할 수도 없지. 그녀는 이미 다른 남자의

아내니까.

나는 지금 괴로움에 빠져 있어.

11월 24일

로테는 내가 얼마나 괴로워하고 있는지 알고 있지.

오늘은 그녀 혼자 있더군.

그녀는 나를 물끄러미 바라보았어. 여느 때와 같은

아름다움과 고상함은 보이지 않았고, 나의 괴로움에

안타까워하는 눈빛이 보였지. 그 때 왜 그녀의 목을 끌어안고

끝없는 키스로 보답하지 않았을까!

로테는 조용히 피아노를 치면서 나직한 목소리로 속삭이듯이

노래를 불렀지. 로테의 입술은 감미로운 멜로디를

빨아들이듯 노래하고 있었어.

나는 견딜 수 없어 머리를 숙이고 이렇게 맹세했지.
'저 성스러운 입술을 나의 키스로 더럽히지 않으리라.'
그러면서도 나는 결코 단념할 수가 없었어. 내 마음 알겠지?
사무치는 행복을 맛볼 수 있다면 그 죄 때문에 파멸해도
좋아. 이것이 죄일까?

11월 26일

때때로 나는 나 자신에게 말하지. '네 운명은 참으로
비참하다. 이토록 괴로워한 자는 일찍이 아무도 없었다.'
옛 시인의 시를 읽으면, 마치 내 마음 속을 들여다보고 있는
듯한 느낌이 들어. 나는 수많은 고통을 참고 견뎌야 해.
아아, 그 어떤 인간이 나처럼 비참했을까?

11월 30일

나는 아무래도 안정을 되찾을 수가 없어. 어디를 가나 엉뚱한
일만 생기니 말이야.
점심때 강변을 산책했어. 눅눅하고 차가운 서풍이 불고,
잿빛 비구름이 골짜기로 흘러들고 있었지. 멀리 초록색 옷을
입은 사나이가 눈에 띄었어. 그는 바위 사이를 헤매며 무얼

찾고 있는 것 같았어. 그는 착하고 정직한 인상이어서

사람의 마음을 끄는 데가 있었지.

옷차림으로 미루어 보아 신분은 낮아 보였어.

무엇을 찾고 있느냐고 물어 보았지.

"꽃을 찾고 있습니다. 꽃이 없군요."

"꽃이 있을 철이 아니니까요."

"꽃은 얼마든지 있습니다. 우리 집 뜰에는 장미와 인동

덩굴이 있답니다. 이 근처에도 언제나 꽃이 피어 있지요.

노란 꽃, 파란 꽃, 빨간 꽃……. 수레국화도 예쁜 꽃이지요.

그런데 하나도 안 보이는군요."

나는 이상하여 다시 물어 보았어.

"꽃을 따서 뭘 하려고 그러죠?"

"아무에게도 이야기하면 안 되는데……. 애인한테

꽃다발을 선물하기로 약속했거든요."

"그거 멋지군요."

"제 애인은 다른 물건들은 많이 갖고 있어요. 부자거든요."

"그분의 이름은 뭡니까?"

이 물음에 그는 엉뚱한 말을 했지.

"네덜란드 정부가 나에게 월급을 주었더라면 이렇게 되진

않았을 겁니다. 옛날이 좋았지요. 그 때는 행복했습니다."

눈물을 짓는 그의 눈이 진실임을 말해 주고 있었어.

"하인리히!"

이 때 누군가 부르는 소리가 들리더니, 한 노파가 다가왔어.

"하인리히, 여기 있었구나. 얼마나 찾았다고.

자, 가자. 밥 먹어야지."

"할머니의 아드님인가요?"

나는 노파에게 물었지.

"네, 제 불쌍한 자식이랍니다. 하느님께서 저에게 무거운

십자가를 지우셨어요. 이렇게 얌전해진 지는 반 년쯤

되었지요. 그 전에는 어찌나 날뛰고 행패를 부렸던지,

정신 병원에서 쇠사슬에 묶여 있었어요. 지금은 임금님이

어떠니 황제가 어떠니 하는 소리만 한답니다.

원래는 온순하고 얌전한 아이였어요. 어느 날, 갑자기 뭔가

골똘히 생각에 잠기더니 고열이 났고, 그 후 정신이

이상해졌어요. 그 이야기를 하자면……."

"행복했던 때는 언제 얘긴가요?"

나는 그녀의 말을 가로막고 물었지.

"바보 같은 소릴 또 했군요. 완전히 정신이 돌았던 때의

얘기를 하는 거랍니다. 정신 병원에서 자기 자신을 전혀 알지
못하고 있었던 때의 이야기지요."

그 말은 벼락처럼 내 가슴을 때렸지. 나는 노파의 손에
지폐를 한 장 쥐여 주고 얼른 그 곳을 떠나야 했어.

'내가 행복했던 때! 주여, 당신은 인간의 운명을 이렇게
정하셨나이까? 이성을 지니기 이전과, 이성을 잃어버린
이후를 제외하고는 행복해질 수 없도록 만드셨나요?'

가엾은 사나이여! 그래도 나는 그대의 슬픔과 정신 이상이
부럽구나! 그대는 오직 꽃을 찾으려고 할 뿐 아무것도
생각하지 않는데, 나는 그러지도 못하고…….

네덜란드 정부에서 월급만 주었더라면 훌륭한 사람이 될 수
있었다고 몽상하며 불행을 이 세상의 탓으로 돌릴 수 있으니
그대는 행복한 사람이야. 아아, 하느님! 나의 눈물을 보소서!
인간을 이토록 가엾게 창조하신 당신께서는 어찌하여 또 이
작은 것까지 빼앗아 버렸나이까?

하느님이시여! 전에는 당신께서 제 영혼을 충족케
해 주셨으나, 지금은 나를 외면해 버리셨습니다.
더 이상 침묵하지 마소서! 당신의 침묵은 갈망하는
이 영혼에게 견딜 수 없는 괴로움입니다. 하늘에서 굽어

살피시는 하느님이시여, 당신께서는 이 아들을
물리치시겠습니까?

12월 1일

빌헬름! 지난번 이야기했던 그 사나이, 그 행복하고도 불행한
사나이는 로테의 아버지 밑에서 일하던 서기였다고 해.
로테를 사모하며 그것을 남몰래 가슴 속에 간직하고 있었대.
그러다 마침내 그 사실을 고백했다가 해고당했다는 거야.
가슴 속에서 불타던 정열이 그 사나이를 미치게 한 거지.
이것은 그저 그런 이야기지만 내가 얼마나 심한 충격을
받았는지 알겠는가?
알베르트는 태연스레 이 이야기를 나에게 들려주었지.

12월 4일

나는 이제 틀렸어. 이 이상 더 견딜 수가 없어.
오늘 나는 그녀와 같이 있었지. 그녀는 피아노를 쳤어.
고개를 숙였더니 로테의 결혼 반지가 눈에 띄더군. 눈물이
왈칵 솟았어. 음악이 내 영혼을 위로했지. 그와 동시에
지나간 날들의 추억이 가슴 속에서 소용돌이쳤어. 전에 이

곡을 들었을 때의 심정, 로테 곁을 떠나 있었던 음울했던
날들, 울화가 치밀었던 일, 차례차례 무너져 버린 희망……
나는 방 안을 이리저리 걸어다녔어. 북받쳐오르는
감정에 숨이 막힐 것 같았지.

"제발 그만두시오!"

로테는 손을 멈추고 나를 빤히 쳐다보았어.

"베르테르, 몸이 편찮으신 모양이군요. 그렇게 좋아하시던
곡이 귀에 거슬리는 걸 보면. 그만 돌아가세요."

나는 그녀 곁을 훌쩍 떠났어. 하느님! 당신께서는 저의 비참한
모습을 보고 계시겠죠. 어서 이 불행이 끝나게 해 주십시오.

12월 6일

어디를 가나 그녀의 모습이 나를 따라다니고 있어. 눈을
감으면 머릿속에 그녀의 호수 같은 검은 눈동자가 나타나
내 감정을 고조시켜 버리지. 인간에게도 신의 품성이 절반은
된다고 하는데, 그 힘이 가장 필요할 때는 사라져 버리니
웬일인가? 기쁨이 충만한 그 순간에 언제나 냉철한 의식
속으로 되돌아오지 않는가.

베르테르, 그 후의 이야기

이제부터는 베르테르가 정신적 균형을 잃은 후의

그에 대한 이야기다.

나는 베르테르에 대하여 잘 아는 사람들을 만나려고

노력했다. 이것은 그리 어려운 일이 아니었다. 다만, 말하는

사람들의 의견이 서로 엇갈렸을 뿐이다.

그 무렵 베르테르는 불만과 불안으로 가득 차 있었다.

폭발 직전의 시한폭탄처럼 느껴질 만큼 쉽게 흥분하는

과격한 성격으로 변했다. 이런 상태가 지속되면서

베르테르는 권태감으로 무기력해졌다. 그는 괴로워하며

권태감에서 벗어나려고 발버둥쳤다. 하지만 그의 이면에는
언제나 슬픈 그림자가 드리워져 있었다. 그는 점점 슬픔에
빠져들었고, 불행하면 할수록 고집불통이 되어 갔다.

베르테르는 알베르트가 로테의 남편으로서 오랫동안
간직하려는 행복을 이해하지 못했다. 베르테르는 돈을
낭비했고, 밤이면 괴로워하며 밥도 먹지 못했다.

알베르트는 쉽게 마음이 변할 사람이 아니었다.

그는 누구보다도 로테를 사랑하고 있었다.

그는 조그만 의혹이라도 있으면 깨끗이 털어 버리기를
원했다. 그리고 귀중한 보물은 그 누구와도 나누어 가질 수
없다고 믿는 사람이었다. 그러나 알베르트는 베르테르가
로테를 찾아올 때면 아내의 방에서 나와 주곤 했다. 그것은
친구인 베르테르가 자기와 함께 있으면 편하지 않다는 것을
알고 있었기 때문이었다. 하지만 베르테르는 알베르트가
자신과 마주치기조차 싫어한다고 생각했다.

로테의 아버지는 병이 들어 줄곧 방 안에서만 지냈다고 한다.
로테는 마차를 타고 아버지를 문병했고, 이튿날 아침
베르테르 역시 법무관의 집으로 갔다.

맑은 날씨였지만 베르테르의 마음은 침울하고 슬펐다.

베르테르는 자기처럼 남들도 역시 혼란스럽게 살아가고
있다고 생각했다. 그는 알베르트와 로테의 평화로운 생활
속에 자기가 끼어들어 방해하고 있다고 믿으며 스스로를
심하게 꾸짖었다. 하지만 한편으로는 알베르트를
은근히 원망하기도 했다.

'알베르트는 소중한 아내보다도 쓸데없는 일에 열정을 쏟고
있어. 도대체 그런 인간이 진정한 행복을 알 수 있겠어?
과연 로테를 존중할 수 있을까? 그렇지만 그는 로테를
소유하고 있어. 아, 이런 생각들은 나를 미치게 하는군.
나는 우정 이상은 아니잖아. 로테에 대한 나의 사랑을
알베르트는 어떻게 생각하지? 그는 나를 만나는 것을
좋아하지 않아. 내가 곁에 있다는 것만으로도 귀찮은 거야.'
베르테르는 이렇게 혼자 중얼거리면서 로테의 친정집에
도착했다. 로테의 남동생이 발하임에서 농부 한 사람이
살해되는 사건이 일어났다고 말했다. 베르테르는 그 말에
별 관심을 보이지 않으며 방 안으로 들어갔다. 로테는
병환 중인데도 자기가 직접 나서서 범행을 조사하겠다고
우기는 아버지를 말리고 있었다.

죽은 사람은 어느 과부댁 하인이었다고 했다. 그 과부는 전에

다른 하인을 두었는데, 불만을 품고 집을 나간 하인이
의심스럽다고 했다. 이 말을 듣고 베르테르는 깜짝 놀랐다.
"이런 일이 일어나다니……. 내가 가서 알아봐야지.
가만히 있을 수 없어."
그는 바삐 발하임으로 갔다. 지난 일이 하나하나 떠올랐다.
이미 다정한 친구처럼 된 젊은이가 그런 범행을 저질렀다는
것이 좀처럼 믿어지지 않았다.
시체가 있는 주막으로 가려면 보리수나무 사이를 지나야
했다. 그렇게 좋아했던 그 곳이 몸서리치게 무서웠다. 인간의
가장 아름다운 감정인 사랑이 살인이란 범죄로 변질되고
만 것이다. 주막집 앞에 사람들이 모여 있었다. 범인은
생각했던 대로 바로 그 젊은이였다.
여주인을 잊지 못하고 분노와 절망 속에서 방황하던
그 젊은이였다.
"어찌하여 이런 끔찍한 일을 저질렀나, 불쌍한 사람아!"
베르테르는 큰 소리를 쳤다. 잡혀 온 젊은이는 한참 있다가
침착하게 대답했다.
"어느 누구도 그 여자를 차지할 수 없습니다. 그 여자도 결코
어느 누구와도 가까워질 수 없습니다."

잡혀 온 젊은이는 주막집 안으로 끌려들어갔다.

베르테르는 서둘러 그 자리를 떠났다.

베르테르는 젊은이를 구해 주어야겠다는 동정심이 솟구쳤다.

그 젊은이가 범인일지라도 죄가 없는 것처럼 생각되었다.

베르테르는 자신을 생각하고 있었다. 그는 별장으로 다시
달려갔다. 방 안에 들어서자 알베르트가 보였다. 순간적으로
불쾌감을 느꼈지만 베르테르는 마음을 가다듬고 법무관에게
자기 생각을 말했다. 법무관은 고개를 저었다. 그래도 열정과
정성을 다해 다시 변론했다. 법무관은 그렇게 동정을 하다
보면 법률은 휴지나 다름없이 되고, 나라의 안녕과 질서는
파괴되고 말 거라고 했다. 그래도 베르테르는 굽히지 않았다.
마침내 알베르트가 이야기에 끼어들었다.

"그 청년은 결코 구제되어서는 안 돼요."

이 날 베르테르가 얼마나 큰 충격을 받았는지는 발견된
쪽지를 보면 알 수 있다.

이 쪽지는 같은 날 쓰였다.

불쌍한 친구여!
나는 우리들이 구원받지 못할 것이라는 사실을

확실히 알고 있다네.

이 글 속에는 자신이 포함되어 있었다. 또 이 일과 연결된,
알베르트와의 관계에 대해 쓴 쪽지도 하나 발견되었다.

알베르트는 훌륭하고 선량한 사람이다. 하지만 결국은 그가 내 오장을
갈기갈기 찢는 듯한 느낌이 들 뿐이다. 나는 이제 공정할 수가 없구나!

그 날 밤은 날씨가 따뜻해 로테와 알베르트는
함께 걸어서 집으로 갔다.
로테는 베르테르와 함께 가지 않는 것이 서운했지만,
알베르트는 베르테르의 불길한 열정에 대하여 말하면서
될 수 있는 대로 그를 멀리하라고 했다.
"그 사람이 자주 방문하지 않도록 피해 주시오. 우리들을
보고 여기저기서 수군거리고 있으니 하는 말이오."
로테는 잠자코 있었다.
그 후, 알베르트는 베르테르에 대한 이야기를 하지 않았고,
로테가 베르테르의 이야기를 꺼내더라도 화제를 돌려
버렸다.

베르테르는 불쌍한 젊은이를 구하지 못하자, 그 동안 겪은
불쾌한 경험이나 공사관에서의 불만, 그리고 갖가지 실수
등이 모두 자신이 쓸모 없는 사람이기 때문이라고 단정짓게
되었다. 자신은 아무것도 할 수 없는 자라고 생각했다.
오직 한 사람을 사랑하고 불행한 만남을 계속하여 그 사람의
행복까지도 파괴해 버리고 있다고 믿게 된 것이다. 그는
스스로 슬픈 종말을 향해 자신을 몰아갔던 것이다.
그의 정신적 혼란과 정열, 삶의 권태에 대해 써 놓은 몇 통의
편지가 남아 있었다.

1772년 12월 12일

사랑하는 빌헬름, 나는 지금 악령에 홀린 사람 같아. 때때로
나는 무엇인가에 사로잡혀 있지만 알 수가 없어. 그것이
내 목을 조르는 거야. 오, 나의 불행! 나는 견딜 수가 없어.
어젯밤에도 나는 밖으로 나가지 않을 수가 없었지. 밤 11시가
지나서 나는 집을 뛰쳐나갔어. 발하임에 홍수가 났는데
무시무시한 광경이었지. 밭도 목장도 산울타리도 모두
사라졌고, 넓은 골짜기에는 온통 거센 바람만 휘몰아치고
있었어. 이윽고 검은 구름 속에 숨어 있던 달이 나오자

그 물바다는 섬뜩하리만큼 아름답게 빛을 반사하면서
요란하게 굽이쳤지. 그 순간, 가슴 떨림과 그리움이 나를
감싸 버렸어. 아아, 나는 두 팔을 벌리고 강물을 향하여
숨을 크게 들이쉬었어. 이 괴로움을 휩쓸어 버리는 듯한
환희를 느끼면서…….

아아, 그러나 나는 강물로 뛰어들 수는 없었지. 내 운명의
모래시계가 아직도 모래를 다 흘러내리지 않은 것 같았어.
언젠가 무더운 여름날, 산책을 하다 로테와 함께 앉았던
그 버드나무 아래를 내려다보았지. 그 곳도 물에 잠겨
있었어. 버드나무도 거의 알아볼 수가 없었고. 나는 로테네
목장, 로테네 집 주위, 우리의 정자가 어떻게 되었을까
궁금해하며 오랫동안 멍하니 서 있었어.

나는 이제 나 자신을 책망하지 않아. 죽을 용기가
생겼으니까. 그러나 지금 나는 기쁨도 느낄 수 없는 생명을
더 연장하며 비굴하게 살아가고 있어.

12월 14일

친구야, 이게 도대체 어떻게 된 일일까? 나는 나 자신에 대해
놀랄 뿐이야.

로테에 대한 나의 사랑은 더없이 성스럽고 청순한

사랑이었어. 단 한 번이라도 내 가슴에 죄가 될 만한 욕망을

품은 적도 없었어. 그런데 꿈이란 것은 이토록 모순된 것일까?

어젯밤 꿈 이야기를 하려니 몸이 떨리는군.

나는 그녀를

내 가슴에 꽉 껴안고, 그녀의 입술에 키스를 퍼부었어.

주여! 나는 벌을 받아야 할까요? 지금도 활활 타오르는 기쁨을

마음 속에 간직한 채 행복을 느끼고 있으니……

로테! 로테!

나는 혼란에 빠져 벌써 1주일간이나 사고력을 잃어버렸어.
눈에는 언제나 눈물이 그득하고 어디를 가나 즐겁지도 않고
희망조차 없지.
이제 나는 떠나는 것이 좋을 것 같아.

로테의 곁으로 돌아온 것은 베르테르의 마지막 기대였으며
희망이었다. 그러나 그는 스스로 타이르고 있었다.
조급하거나 경솔해서는 안 되며, 확신을 가지고 침착하게
결정해야 한다고. 또 빌헬름에게 쓴 이런 쪽지도 있었다.

그녀의 운명, 내 운명에 대한 그녀의 애정, 그러한 것들이 재가 되어
눈물을 짜내고 있는 곳! 그 안으로 들어가면 끝이다! 그런데 이
망설임은 어찌 된 건가? 그 안이 어떤 곳인지 모르기 때문일까? 한번
들어가면 다시는 돌아오는 자가 없기 때문일까? 확실한 것을 알지
못하면 혼란스럽지. 그것이 우리 인간이야.

베르테르는 슬픈 생각에 점점 더 깊이 빠져들었고, 그 결심은
이제 돌이킬 수 없는 것이 되었다. 빌헬름에게 보낸 편지가
그러한 심경을 증명하고 있다.

12월 20일

빌헬름, 내 말을 그렇게 해석해 주니 고마워. 네 말대로 나는
떠나는 편이 좋을 것 같아.

그러나 그 곳으로 돌아오라는 뜻에는 따를 수가 없어.
나는 먼 곳으로 떠나고 싶어. 나중에 편지로 자세한 것을
알려 줄게. 어머니께 아들을 위해 기도해 달라고 전해 줘.
그리고 여러 가지로 가슴아픈 일을 겪게 해 드린 것을 부디
용서해 주시라고 전해 줘. 기쁘게 해 주어야 할 사람들을
슬프게 만드는 것이 나의 운명인가 봐. 잘 있어, 나의 가장
소중한 친구여. 하늘의 모든 축복이 너에게 내리기를! 안녕!

이 무렵, 로테의 마음은 어떠했을까? 우리는 다만 로테의
성격을 알고 있으므로 미루어 짐작할 뿐이다.
로테가 베르테르를 멀리하려고 굳게 결심한 것만은
사실이다. 로테가 그 실행을 망설였다면, 그것은 친구에 대한
진정한 우정 때문이었을 것이다. 그것이 베르테르에게
있어서 얼마나 괴로운 일인가를 그녀는 잘 알고 있었다.
로테는 자기의 지조가 남편에 비해 떨어지지 않는다는 것을
행동으로 보이려고 애썼다.

크리스마스를 앞둔 일요일 저녁, 베르테르는 로테를
찾아갔다. 로테는 혼자 있었다. 그녀는 어린 동생들에게 줄
크리스마스 선물을 정리하고 있었다. 베르테르는 유년
시절에 촛불이며 과자, 사과 등으로 장식한 트리를 보고
황홀해했던 이야기를 했다.

로테는 미소를 지으며 말했다.

"당신에게도 선물이 있을 거예요. 얌전하게 계시면요.
기다란 촛불과 또 다른……."

베르테르가 물었다.

"얌전하게 있으라는 것은 무슨 뜻인가요?"

"목요일 저녁이 크리스마스 이브예요. 아이들도 오고
아버지도 오십니다. 모두들 각각 선물을 받게 되지요. 그 때
당신도 오세요. 그렇지만 그 전에는 오시지 마세요."

베르테르는 가슴이 철렁했다.

"부탁이에요. 어쩔 도리가 없어요. 나를 위한 일이라고
생각하시고 제발 그렇게 해 주세요. 이대로 가다간
아무래도 안 되겠어요."

베르테르는 그녀에게서 눈길을 돌렸다. 베르테르는
방 안을 서성이면서 중얼거렸다.

'이대로 가다간 안 된다…….'

로테는 자기의 말에 베르테르가 충격을 받았다는 걸 알았다.
그래서 이런저런 말로 그의 마음을 풀어 주려고 했으나
아무 소용이 없었다.

"좋아요, 로테!"

베르테르는 외쳤다.

"이제 다시는 당신을 만나지 않겠습니다!"

"어째서 그런 말씀을 하세요? 베르테르, 아아, 왜 당신은
이토록 고집스럽게 모든 일을 밀고 나가시는 거죠? 자신의
성품을 자제하세요. 제발 그러지 마세요."

로테는 베르테르의 손을 잡고 말을 이었다.

"분수를 지켜 주세요! 당신만한 인격, 학문, 재능이면 달리
얼마든지 재미있는 일을 즐기실 수 있어요. 대장부답게
나 같은 여자에게 애착을 갖지 마세요. 나는 당신을 동정하는
것 이외에는 아무것도 해 드릴 수가 없어요."

베르테르는 이를 악물고 어두운 표정으로 로테를 보았다.

로테는 그의 손을 잡은 채 말을 이었다.

"잠깐만 차분히 생각해 보세요, 베르테르! 당신은 일부러
자신을 파멸시키려고 하잖아요. 왜 하필 나를? 나는 남의

아내예요. 나는 두렵기만 해요.”

베르테르는 손을 빼며 불쾌한 표정으로 로테를 바라보았다.

“정말 훌륭하십니다. 알베르트가 그렇게 말했군요, 그렇죠?”

“이 정도 말이야 누구라도 할 수 있어요. 이 세상에 당신의
소망을 채워 줄 만한 여자가 한 사람도 없을까요? 마음을
가라앉히고 찾아보세요. 이런 말씀을 드리는 건, 당신이나
우리들을 위한 염려 때문이에요. 마음을 돌려 보세요.
여행을 하면 한결 기분도 풀릴 거예요. 우린 우정으로
지냈으면 좋겠어요.”

베르테르는 차갑게 웃었다.

“로테, 조금만 더 나를 이대로 내버려 두세요. 그러면
다 잘 될 테니까!”

“아무튼 베르테르, 크리스마스 이브 전에는 오지 마세요, 네?”

베르테르가 뭐라고 대답을 하려 했을 때 알베르트가
방 안으로 들어왔다. 두 사람은 어색한 인사를 나누었다.
돌아갈 기회를 놓치고 망설이는 사이에 8시가 됐다.
베르테르의 불만과 불쾌감은 점점 더해 갈 뿐이었다.
저녁 식사 준비가 다 되었을 때, 베르테르는 비로소
모자를 집어 들었다.

알베르트가 좀더 있다 가라고 했으나, 속이 들여다보이는
소리 같아 사양을 하고 밖으로 나왔다. 그는 바로 집으로
돌아왔다. 혼자 자기 방으로 들어가 큰 소리로 울다가
혼자말을 하며 안절부절못하였다. 옷을 입은 채 침대에
벌렁 드러누웠다. 11시경 하인이 들어왔다.
"장화를 벗겨 드릴까요?"
베르테르는 그러라고 하면서 이튿날 아침까지 방에
들어오지 말라고 일렀다.

12월 21일 월요일 아침에 베르테르는 로테에게 다음과 같은
편지를 썼다. 이 편지는 그가 죽은 후에 그의 책상 위에서
봉해진 채 발견되었고, 그대로 로테에게 전해졌다.

12월 21일

결심했습니다, 로테. 나는 죽으려고 합니다. 당신을
마지막으로 만나게 될 날 아침에 이 글을 쓰고 있습니다.
내가 가장 사랑하는 사람이여! 당신이 이 글을 읽을 때,
불행한 사나이는 이미 무덤 속에 있을 것입니다. 생애의
마지막 순간까지도 당신과 더불어 이야기하는 것이 가장 큰

행복이었습니다. 무서운 하룻밤을 지새웠습니다만,
아아, 그것은 감사해야 할 밤이기도 했습니다. 죽는다는
결심을 확실히 굳혀 준 밤이었으니까요.

희망도 없고 기쁨도 없는 내가 당신 곁에 있다고 생각하니
가슴이 떨렸습니다. 어젯밤, 간신히 내 방으로 돌아와서
정신없이 꿇어앉았습니다.

아아, 하느님은 나에게 더없이 쓴 눈물을 마지막 위안으로
내려 주셨습니다. 갖가지 계획과 기대가 내 마음 속에서
회오리쳤으나, 마침내 죽어 버리자는 계획이 확고하게
세워졌습니다. 아침에 눈을 떴을 때도 죽음에 대한 생각은
조금도 변함이 없었습니다.

그러나 이것은 결코 절망이 아닙니다. 내가 끝까지 참고
견디다 못해 당신을 위하여 희생되는 것을 뜻할 뿐입니다.
로테! 이 이야기는 하지 말아야 할까요?

우리 세 사람 가운데 누군가 한 사람은 떠나야만 합니다.
내가 그 한 사람이 되려는 것입니다. 아아, 사랑하는 로테!
이런 생각이 맴돌기도 했습니다.

'당신 남편을 죽일까? 당신을……. 아니, 나를…….'
그러나 이것도 이미 지나간 일입니다.

아름다운 여름날 저녁, 언덕 위에 올라가시거든 부디 나를
생각해 주십시오. 내가 자주 올라갔던 골짜기며 숲길을
생각하고 건너편에 있는 내 무덤가로 눈길을 보내 주십시오.
넘어가는 저녁 햇살 속에 무심하게 자란 풀이 바람에
흔들리고 있을 것입니다. 처음 글을 쓸 때는 냉정함을 잃지
않았는데, 지금은 그런 정경이 너무나도 생생하게 눈앞에
떠올라서 어린애처럼 울고 있습니다.

10시경에 베르테르는 하인을 불렀다. 그리고 옷을 입으면서
2, 3일 안으로 여행을 떠날 테니 짐을 꾸려 두라고 일렀다.
또 지불할 것이 있는 곳에는 빠짐없이 계산서를 받아 오고,
빌려 준 몇 권의 책도 찾아오노록 했다. 그리고 내주 일마씩
도와 주던 몇몇 가난한 사람들에게는 2개월분의 돈을 미리
주도록 일렀다.
그는 방에서 식사를 마친 다음, 말을 타고 법무관의 집으로
갔다. 법무관은 없었다. 그는 깊은 생각에 잠겨 정원을
이리저리 거닐었다. 죽기 전에 모든 추억들을 자기 마음 속에
차곡차곡 쌓아 두려는 것이었다. 아이들을 만났다. 막내가
그의 귀에다 대고 속삭였다.

누나들이 예쁜 카드를 만들었다는 것이다.

"아주 커다란 거예요! 한 장은 아빠에게, 알베르트와 로테 누나에게도 한 장, 그리고 베르테르 아저씨에게도 한 장. 그걸 새해 첫날 아침에 드린댔어요."

베르테르는 이 이야기에 가슴이 찡해졌다. 아이들에게 아버지께 안부 전해 달라고 부탁했다. 그는 눈물을 글썽이며 말을 타고 그 곳을 떠나왔다.

5시경에 집에 도착했다. 그는 하인에게 난롯불을 잘 살펴서 밤늦게까지 꺼지지 않도록 하라고 일렀다. 그리고 아래층에 있는 책을 트렁크에 넣고, 옷가지들을 챙겨 두라고 일렀다. 그리고 그 후에 이 편지를 쓴 것 같다.

당신은 내가 찾아가리라고 생각지 못할 것입니다. 당신 말대로 내가 크리스마스 이브 전에는 가지 않을 것이라 생각하고 있겠지요. 아아, 로테! 그러나 오늘 한 번만 더! 그렇지 않으면 영원히 만날 기회가 없습니다. 크리스마스 이브에 당신은 이 편지를 손에 들고 부들부들 떨면서 눈물로 적실 것입니다. 나는 꼭 할 것입니다.

아아, 결심을 굳히고 나니 어쩌면 이토록 상쾌할까요?

사랑의 끝에서

한편 로테는 묘한 감정에 빠져 있었다. 베르테르와 마지막
대화를 나눈 뒤, 그와 헤어지는 일이 얼마나 가슴아픈
것인지를 알았다.

로테는 알베르트에게 베르테르가 크리스마스 이브 전에는
찾아오지 않을 것이라고 이야기해 두었다. 로테는 혼자
조용히 자신을 되돌아보았다.

그녀는 남편을 사랑하고 있었다. 남편의 침착성과
믿음직스러운 성품은, 하늘이 착한 그녀를 평생 행복하게
해 주라고 내려준 은혜라고 생각하였다. 남편이 자기와

아이들에게 더없이 소중한 존재라는 것도 알았다.

그러나 베르테르도 대단히 소중한 존재였다. 서로 알게 된
순간부터 두 사람의 마음은 일치하였다. 오랜 사귐과
지금까지 겪어 온 일들이 그녀의 마음 속에 하나하나 새겨져
있었다. 지금 헤어진다면 그녀의 가슴 속에는 메울 수 없는
공백이 생길 것 같았다.

'아아, 베르테르와 오누이간이라면! 그러면 얼마나 행복할까?
친구 가운데 한 사람과 결혼시킬 수는 없을까? 그러면
베르테르와 알베르트 사이도 다시 좋아질 텐데……'

로테는 친구들을 한 사람씩 생각해 보았다. 그러나
베르테르와 짝지어 줄 만한 친구는 찾을 수 없었다.

베르테르를 곁에 붙들어 두고 싶은 것이 솔직한 심정이었다.
그러나 그것은 용납될 수 없는 일이었다. 로테의 마음은
어두웠다. 가슴이 답답하고 눈앞이 캄캄했다.

6시 30분, 베르테르가 계단을 올라오는 소리가 들렸다.
로테의 가슴은 세차게 고동쳤다. 베르테르가 왔을 때 이렇게
가슴이 두근거린 것은 처음이었다. 로테는 당황하여 외쳤다.

"약속을 지키지 않으셨군요!"

"나는 아무 약속도 하지 않았는데요."

베르테르가 대답했다.

"약속은 하지 않으셨어도 내 부탁을 좀 들어주시지 그랬어요.
서로간의 평화를 위해서 드린 부탁인데."

로테는 불안했다.

베르테르는 방 안을 왔다 갔다 했다. 로테는 피아노 앞으로
걸어가서 미뉴에트를 치기 시작했다. 그러나 피아노가
제대로 쳐지지 않았다.

"뭐 읽을거리가 없을까요?"

베르테르가 물었다.

"그 서랍 속에 당신이 번역하신 오시안의 시가 들어 있어요.
나는 아직 읽지 않았어요. 언젠가 기회가 생기면 당신에게
읽어 달라고 부탁하려고 했는데, 그런 기회가 없었죠."

베르테르는 미소를 지으며 자신이 번역한 그 원고를 꺼냈다.
그의 손은 떨렸고, 눈에는 눈물이 가득 고였다. 그는 자리에
앉아서 읽기 시작했다.

콜마와 살가르의 집안은 원수지간이었다.

콜마와 살가르는 서로 사랑했지만 큰 시련을 겪어야 했다.
결국, 살가르와 콜마의 오빠는 결투를 벌였고 둘 다 죽게
된다는 내용이었다.

"저물어 가는 밤하늘의 별이여. 그대 아름답게 서쪽 하늘에서
반짝이며, 빛나는 얼굴을 구름 사이로 치켜들고, 그대의
언덕을 엄숙히 걸어가고 있네. 무엇을 보고자 이 황야를
내려다보는가? 폭풍우는 그치고, 멀리 골짜기 개울의
중얼거림이 들린다. 술렁이는 물결은 바위를 희롱하고,
저녁 파리 떼의 날갯짓 소리 들에 가득 찼도다. 아름다운
빛이여, 무엇을 찾는가? 그러나 그대는 미소지으며 즐거운 듯
머리카락을 나부끼고 있도다."

"언덕에 불어오는 바람에 머리를 흩날리며 애처로운
그 노랫소리, 용사들의 마음을 슬프게 하였구나. 몇 차례인가
살가르의 무덤을 보았으며, 몇 차례인가 불 켜지지 않은
콜마의 집을 보았기 때문이로다. 콜마는 홀로 언덕 위에서,
돌아오마 기약한 살가르를 기다리건만, 찾아오는 건
밤뿐이로다. 사람들이여, 들으라.
언덕 위에서 탄식하는 콜마의 목소리를.
콜마, 날이 저물었도다! 폭풍우 몰아치는 이 언덕에 나는
혼자 있노라. 산에서 산으로 바람은 윙윙거리고, 골짜기 물은
바위에 철썩이고, 비 피할 오두막조차도 내게는 없구나.

달이여, 구름 사이로 나와 주려무나. 밤하늘의 별들이여,
반짝여 다오! 빛을 보내어 나를 인도하라.
사랑하는 이가 있는 곳으로."

"나의 살가르? 약속을 잊으셨나요? 이게 바위요,
이게 나무랍니다. 강물도 분명히 여기 흐르고 있어요. 밤이
되면 여기 돌아오마고 약속한 당신. 아아, 어디서 길을
잃으셨나요, 나의 살가르? 당신과 함께 달아날 작정을
했어요, 아버지도 오빠도 뿌리치고서. 우리들 집안은 서로
오랜 원수였지만, 당신과 나는 서로 적이 아니지요. 오오,
살가르!
내 목소리가 골짜기에 울려 그이 귀에 들리게 되리니.
살가르, 나예요! 내가 부르고 있어요!
나무와 바위가 있는 이 곳이에요! 살가르, 사랑하는 이여!
나 여기 있어요! 어찌하여 당신은 망설이고 있나요?
저기 저것은 누구인가? 황야에 누워 있는 저 사람은?
그이인가? 오빠인가? 말하라. 오오, 정다운 이들이여!
대답이 없구나. 어찌 이리 가슴이 설레는가!
아아, 역시 죽어 있구나! 두 사람의 칼은 피에 붉게

물들었도다! 아아, 오빠, 어찌하여 나의 살가르를 죽였나요?
아아, 살가르, 어찌하여 우리 오빠를 죽였나요? 나는 두 분을
다 같이 좋아했는데! 오빠는 이 언덕 위 수많은 기사들
가운데서도 특히 잘난 사람이었고, 살가르는 싸움터에서
남들이 두려워하는 용사였지요. 대답해 주세요!
내 목소리를 들어 주세요,
사랑하는 이들이여!"

"나는 죽은 두 사람과 함께 여기 살리라. 바위를 치며 흐르는
강물 가에서. 그리하여 언덕에 밤이 와 사람이 황야를
가로지를 때, 내 영혼을 그 사람에 실어 두 사람의
죽음을 슬퍼하리라."

베르테르는 긴 서사시를 읽어 내려갔다. 「리노의 노래」
「알핀의 노래」「아르민의 노래」를 계속 이어 갔다.
이 때 로테는 눈물을 흘렸다. 베르테르는 원고를 내던지고
로테의 손을 잡고 흐느껴 울었다. 시에 빗댄 자신들의 불행을
서로 느끼고 있었다. 두 사람은 함께 눈물을 흘렸다.
베르테르의 눈과 입술은 로테의 팔에 닿아 뜨겁게

달아올랐다. 그녀는 마음을 가다듬은 다음, 그 뒤를 계속
읽어 달라고 흐느끼면서 부탁했다. 애처롭고 쓰라린
목소리였다.

베르테르는 가슴이 터질 듯했다. 그는 원고를 주워 들고
더듬더듬 읽었다.

"봄바람이여, 어찌하여 나를 깨우는가? 그대 정답게
소곤거린다. 하늘나라 물방울로 만물을 적셔 주려 하노라고.
그러나 내 조락의 때는 가까웠다. 내 잎을 불어 날릴
폭풍우는 가까웠다! 일찍이 내 아름다운 모습을 보았던 그
나그네는 들판 구석구석에 눈길을 돌리며 나를 찾으리라.
그러나 그는 나를 찾아 내지 못하리."

베르테르는 로테 앞에 꿇어앉아, 두 손을 눈과 이마에 갖다
대었다. 무서운 예감이 로테의 가슴 속을 스치고 지나갔다.
로테는 베르테르의 두 손을 잡아 자기 가슴에 갖다 대고서
슬픔을 못 이기는 듯이 그에게로 몸을 구부렸다.
두 사람의 뜨거운 볼이 맞닿았다.
베르테르는 두 팔로 그녀를 꽉 껴안고, 뜨거운 키스를 했다.

로테는 몸을 돌리며 숨가쁜 소리로 외쳤다.

"베르테르! 이것으로 마지막이에요.

베르테르, 이제 다시는 만나지 않겠어요."

로테는 얼른 옆방으로 들어가서 문을 잠갔다. 베르테르는
소파에 머리를 기댄 채 30분 이상 마룻바닥에 누워 있었다.
하녀가 식사 준비를 하려고 들어오자, 인기척에 제정신을
차린 베르테르는 방 안을 서성이다 방문 앞에 섰다.
그리고 나직한 목소리로 로테를 불렀다.

"로테, 로테! 한 마디만 작별 인사를 하게 해 줘요."

로테는 끝까지 대답이 없었다. 그는 문에다 대고 말했다.

"잘 있어요, 로테! 영원히 잘 있어요!"

베르테르는 걸어서 성문 앞에 다다랐다. 진눈깨비가 내리고
있었다. 11시경에야 그는 집으로 돌아와서 문을 두드렸다.
옷은 함빡 젖어 있었다.

베르테르는 침대에 드러누워 오랫동안 잤다. 이튿날 아침,
하인이 커피를 가지고 방에 들어갔을 때, 그는 로테에게
다음과 같은 편지를 쓰고 있었다.

내가 눈을 뜨는 것도 마지막입니다. 이 눈은 아아, 이제
다시는 태양을 보는 일이 없을 것입니다. 자연이여,

슬퍼하라! 네 아들, 네 친구, 네 사랑하는 자가 그 종말로
다가가고 있는 거니까. 로테! 이것이 최후의 아침입니다.
정말 묘한 기분입니다. 어렴풋한 꿈결 같다고나 할까요?
죽음! 그것은 도대체 어떤 것일까요? 몇 번이나 나는 사람이
죽는 것을 보았습니다. 그런데 인간은 자기 존재의 처음과
마지막에 대하여 아무것도 모릅니다. 지금의 나는 아직
내 것이요, 또한 당신의 것, 당신의 것입니다.
아아, 사랑하는 이여!
한순간이 지나면……. 아마도 영원히? 로테, 나는 이제
죽어서 차가운 땅 속에 묻힙니다. 답답하고 어두운 곳에!
철없던 어린 시절, 나에게는 온 세상만큼 소중한 여자 친구가
하나 있었습니다. 그 소녀가 죽었을 때, 나는 그를 따라
묘지로 가 관이 무덤 속에 들어가는 것을 보았습니다.
이윽고 최초의 흙이 한 삽 관 위에 쏟아지더니 마침내 관을
완전히 덮어 버렸습니다.
죽음! 무덤! 이 말들의 뜻을 나는 이해할 수가 없습니다!
아아, 어제의 일을 용서해 주십시오! 용서해 주십시오!
그 때가 내 목숨의 마지막 순간이었더라면 좋았으련만!
아아, 나의 천사! 로테는 나를 사랑하고 있다!

지금도 내 입술 위에서 타고 있습니다, 당신의 입술에서
번져 나온 거룩한 불꽃이.

용서해 주십시오! 아아, 당신이 나를 사랑하고 있다는 것을
나는 알고 있었습니다. 그 진심어린 눈길에서, 최초의
악수에서, 나는 그것을 알았습니다. 그러나 아아, 마음 속에
새겨진 그 확신도 흐려져 갑니다. 그런 것들은 모두 무상한
것입니다. 그러나 어제 당신의 입술과 지금 내 가슴으로
느끼고 있는 이 불타는 생명은 영원토록 소멸되는 일이
없을 것입니다!

로테는 나를 사랑하고 있다, 이 팔은 로테를 포옹하였다,
이 입술은 로테의 입술과 키스했다, 로테는 내 것이다,
영원히!

알베르트는 당신의 남편, 그게 무슨 상관입니까? 남편!
그것은 이승에서의 일이지 않습니까? 아아, 로테! 나는 먼저
갑니다. 나의 아버지요, 당신의 아버지인 그분에게로 가서
하소연하겠습니다. 그러면 그분은 당신이 올 때까지 나를
위로해 주시겠지요.

당신이 오면 나는 기쁘게 맞이하여, 영원의 아버지가 계시는
앞에서 당신을 끌어안아 영원한 포옹을 하며 영원히 함께

있을 것입니다.

꿈을 꾸고 있는 것이 아닙니다. 무덤 바로 곁에 가니 더한층 또렷하게 느낍니다. 우리는 다시 만납니다. 당신 어머니도 만나게 될 것입니다! 아아, 나는 당신 어머니께 내 마음 속을 모조리 털어놓을 것입니다! 당신과 꼭 닮은 그분께.

11시경에 베르테르는 하인을 시켜 알베르트에게 쪽지를 보냈다.

여행을 떠날 계획인데, 권총을 좀 빌려 주시지 않겠습니까?
부디 안녕하시기를 빕니다.

로테는 전날 밤, 거의 잠을 자지 못했다. 전부터 두려워했던 일이 일어나고 말았기 때문이다. 더욱이 그것은 뜻밖에 일어났던 것이다.

'남편이 돌아오면 어제 그 일을 어떻게 고백해야 할까? 베르테르가 왔었다는 말만 들어도 남편은 언짢아할 텐데. 또 남편이 아무 편견 없이 내 마음을 있는 그대로 이해해 줄까? 남편을 속일 수도 없는 일 아닌가?'

이런 생각들이 꼬리를 물고 그녀를 괴롭혔다. 베르테르는
그녀가 이미 잃어버린 사람이었다. 그를 잃는다는 건
가슴아픈 일이었지만 별 도리가 없었다.

베르테르는 이 세상을 버리고 싶다는 생각을 조금도 숨기지
않았으나 알베르트는 자살에 대하여 철저히 반대했다. 그런
남편의 말은 로테를 안심시켰고 위안이 되었다. 하지만 다른
한편으로는 그런 점이 자기의 걱정을 남편에게 말하는 것을
꺼리도록 만들었다.

이웃 마을에 갔던 알베르트가 돌아왔다. 밝은 얼굴이
아니었다. 일이 잘 처리되지 않았던 것이다.

별일 없었느냐고 그가 물었을 때, 로테는 간밤에
베르테르가 왔었다고 대답했다.

사랑하고 존경하는 남편이 돌아와서 마음이 놓였다.
남편을 뒤따라 방으로 들어갔다.

남편은 책상 앞에서 뭔가를 쓰기 시작했다. 로테의 마음은
어두워져 갔다. 자신의 마음 속에 걸려 있던 어제 일은,
남편의 기분이 좋을 때 고백하기로 했다. 그녀는 슬픔에
잠겼다.

그것을 숨기려고 할수록 더 괴로워지는 것이었다.

베르테르의 하인이 심부름을 왔을 때 로테는 매우 당황했다.
하인은 알베르트에게 쪽지를 전했다. 알베르트는 침착한
태도로 아내를 보고 말했다.

"여보, 권총을 빌려 드려요."

그리고는 하인을 향해 말했다.

"여행 잘 다녀오시기를 바란다고 전하게."

이 말을 들은 로테는 충격을 받은 듯 비틀거렸다. 그녀는
떨리는 손으로 권총을 내려 먼지를 털며 망설였다. 만일
알베르트가 의아스런 눈으로 재촉하지 않았더라면 로테는
더 오랫동안 머뭇거렸을 것이다. 로테는 말 한 마디 하지
못한 채 그 불길한 무기를 하인에게 내주었다.

하인이 돌아가자 로테는 끔찍한 사태를 떠올렸다. 그녀는
남편의 발 아래 엎드려 어젯밤에 일어났던 일과 지금 자신이
예감하고 있는 것을 다 고백해 버릴까 생각했다. 그러나
그렇게 해 봤자 별 소용이 없으리라는 생각이 들었다. 남편을
설득하여 베르테르를 찾아가도록 한다는 것은 도저히 가망이
없는 일이었다. 로테는 애써 불안감을 떨치려고 했다.

하인이 권총을 가지고 돌아와 로테가 내주더라는 말을 하자,
베르테르는 무척이나 기뻐하며 그 권총을 받았다. 그리고

하인에게 빵과 포도주를 가져다가 식사를 하라고 이르고는
책상 앞에 앉아 편지를 쓰기 시작했다.

권총은 당신의 손을 거쳐서 내게로 왔습니다. 나는 권총에
키스를 했습니다. 당신의 손이 닿았던 것이니까요. 당신의
손에서 죽음을 받고 싶었는데, 아아, 지금 그것을 받은
것입니다. 작별 인사가 없어서 유감스럽습니다. 나에게
마음의 문을 닫아 버리셨습니까?
나를 영원히 당신과 결합시킨 그 순간 때문에 그러시나요?
로테, 천년의 세월이 흘러도 그 순간의 감명은 지워지지 않을
것입니다. 그리고 나는 알고 있습니다. 당신에게 이토록
마음을 불태우고 있는 사람을 당신이 미워할 리 없다는 것을.

식사를 마친 뒤 베르테르는 짐을 꾸려 놓고 밖으로 나갔다.
비가 내리고 있었지만 그는 교외에 있는 M 백작의 정원과
그 부근을 서성거리다가 어둑어둑해질 무렵에야 돌아와
또다시 편지를 썼다.

빌헬름, 마지막으로 들과 수풀과 하늘을 보고 왔어.

그럼, 자네도 잘 있어!

어머니, 용서해 주십시오.

빌헬름, 어머니를 위로해 드리게.

당신들에게 하느님의 축복이 있기를!

내 짐은 전부 정리해 놓았어. 그럼 잘 있어! 또 만나.

그 때는 기쁜 얼굴로 만나게 될 거야.

알베르트, 나를 용서해 주기 바랍니다. 나는 당신 가정의
평화를 깨뜨리고, 당신들 부부 사이에 의혹의 씨를
뿌렸습니다. 안녕히 계십시오! 나는 결말을 지으려 합니다.
내가 죽음으로써 부디 당신들이 행복해지기를 바랍니다!
알베르트, 천사와 같은 로테를 행복하게 해 주십시오.
하느님의 축복이 당신에게 내리기를!

그는 자신의 원고를 밤새 뒤적거리며 그 대부분을 찢어 난로
속에 넣었다. 몇 뭉치는 포장을 해서 빌헬름 앞으로 보내게끔
해 놓았다. 그것은 짤막한 수필과 감상문 따위였다.

11시가 지나니 주위는 적막 속에 잠겨 있습니다.

내 마음도 평온합니다.

하느님, 이 최후의 순간에 이런 열정과 힘을 나에게 주신 것을 감사드립니다. 바람에 몰려가는 구름 사이로 별들이 보입니다. 그대들은 결코 원망하는 일이 없으리라. 영원한 존재자가 그대들을 가슴에 안고 있으니까. 그리고 나 역시 그러하리라. 내가 가장 좋아한 큰곰자리, 당신과 헤어져서 문을 나서면 이 별이 언제나 맞은편 하늘에 있었습니다. 나는 황홀한 심정으로 이 별들을 바라보곤 했습니다.

아아, 로테, 어느 것 하나 당신을 생각나게 하지 않는 것이 없습니다. 그리운 당신의 초상화, 이것은 유품으로써 당신에게 드립니다. 로테, 부디 소중히 간직해 주십시오. 나는 거기에 수없이 키스를 했습니다.

당신 아버지께 나의 시신을 거두어 주십사 하고 편지로 부탁을 드렸습니다. 묘지의 안쪽, 밭 맞은편 구석에 보리수가 두 그루 있습니다. 나는 그 곳에 묻히고 싶습니다. 당신 아버지께서는 나를 위해 그렇게 해 주실 것입니다. 호젓한 골짜기의 어느 구석에 묻어 주셔도 좋습니다. 자, 로테! 나는 두려움 없이 죽음의 잔을 들이킵니다. 당신이 내게 준 술잔입니다. 두려워하지 않습니다. 이것으로 내 생애의 모든 소망이 다 이루어지는 것입니다.

로테! 나는 당신을 위해 이 몸을 바치는 행복을 누리고 싶었습니다. 당신에게 평화와 환희를 되찾게 해 줄 수만 있다면, 나는 기꺼이 죽으리라 생각했습니다. 나는 입고 있는 옷 이대로 묻히고 싶습니다. 로테, 당신의 손이 닿았던 신성한 옷입니다. 아무도 내 호주머니를 뒤지지 않게 해 주십시오. 이 분홍색 리본은 우리가 처음 만났을 때 당신이 가슴에 달고 있었던 것입니다. 당신 동생들도 잊을 수 없습니다. 나는 어쩌면 이렇게까지 당신과 밀착되어 있었을까요! 이 리본도 함께 묻어 주십시오. 내 생일에 당신이 선물로 준 것입니다. 마음을 가라앉히십시오! 부디 진정하십시오! 총알은 이미 넣었습니다. 시계가 12시를 칩니다. 그럼 로테, 잘 있어요! 잘 있어요!

이웃 사람들이 총소리를 들었다. 그러나 곧 조용해졌으므로 아무도 그 이상 신경 쓰지 않았다.

새벽 6시, 베르테르는 피투성이가 되어 쓰러져 있었다. 그 옆에는 권총이 뒹굴고 있었다. 소스라치게 놀란 하인은 주인을 안아 일으키며 소리쳤으나, 대답 없는 거친 숨소리만

희미하게 들릴 뿐이었다. 하인은 의사에게, 그리고
알베르트에게 달려갔다.

로테는 초인종 소리에 온몸이 떨렸다. 남편을 불러 깨우고,
두 사람 다 일어났다. 하인은 소리 내어 울면서 사건의
내용을 전했다. 로테는 알베르트 앞에서 기절해 쓰러졌다.

의사가 왔으나 이미 손쓸 도리가 없는 상태였다. 권총으로
오른쪽 눈 위 이마를 쏘았다.

베르테르는 책상 앞에 앉은 채 방아쇠를 당긴 것 같았다.
장화를 신고 있었으며, 푸른 연미복에 노란 조끼 차림이었다.
알베르트가 달려왔다. 그는 넋을 잃은 듯 말이 없었다.
책상 위에는 포도주병이 놓여 있었다. 그 옆에는 극작가
레싱의 대표적 비극 『에밀리아 갈로티』가 펼쳐진 채 놓여
있었다. 법무관이 말을 타고 달려왔다. 그는 뜨거운 눈물을
흘리며 베르테르에게 입을 맞추었다. 법무관의 아이들도
와서 슬퍼하며 베르테르의 손과 입에 키스를 했다.

낮 12시에 베르테르는 숨을 거두었다.

법무관이 여러 가지 일을 처리했다. 밤 11시경, 베르테르는
그가 원했던 곳으로 갔다. 아이들이 뒤를 따랐다. 알베르트는
따라가지 않았다. 그는 로테를 지켜야 했다. ✿

 세^계명^작 시리즈와 함께 논리·논술 **Level Up !**

● 이해 능력 Level Up!

1. 독일이 낳은 대문호, 괴테의 작품을 모두 골라 보세요.

    1) 빌헬름 마이스터의 편력 시대   2) 맥베스   3) 부활

    4) 에그몬트   5) 파우스트

2. 다음 글을 읽고 V의 인간형에 대해 바르게 설명한 것을 골라 보세요.

며칠 전 V라는 청년이 날 찾아왔어. 그는 아주 잘생기고 솔직한 청년이었지. 상당한 지식의 소유자더군.
그는 그리스 어를 잘 하는 화가라는 내 소문을 대단하게 생각하는 것 같았어. 나를 만나자마자 고대 미술 연구가인 빙켈만을 비롯해 화가인 바토까지 언급하며 체계적으로 이야기하더군. 또 하이네를 연구했다고 자신 있게 말하더라고. 나는 그저 잠자코 듣기만 했어.

    1) 학식이 대단해서 존경심이 절로 느껴진다.
    2) 솔직하긴 하나 지적 허영심이 있다.
    3) 신분은 낮지만 아름다운 사랑을 꿈꾸는 청년이다.
    4) 아름다운 자연에 감탄할 줄 아는 소박한 사람이다.
    5) 수많은 학자들에 대해 연구한 겸손한 지식인이다.

3. 어머니의 부탁으로 베르테르는 숙모님을 만났습니다. 그 후 그가 얻은 깨달음을 바르게 설명한 것은 어느 것인가요?

    1) 인간의 감정이란 참으로 변화무쌍해.
    2) 타인의 감정에 내 책임이 전혀 없다고는 할 수 없지.
    3) 빌헬름, 넌 나의 가장 소중한 친구야.
    4) 싸움이란 악의보다 오해에서 비롯되는 거야.
    5) 아름다운 자연을 보노라면 낙원이 따로 없군.

4. 7월 1일, 베르테르는 로테와 함께 목사관을 방문했을 때 다음과 같은 말을 합니다. 여기에서 알 수 있는 베르테르는 성격은 어떠한가요?

> "사람들은 곧잘 기쁜 날은 적고, 궂은 날은 많다고 푸념들을 하지요. 그러나 그것은 잘못된 생각이에요. 하느님의 은혜를 마음에 담고 산다면 어떤 궂은 일이 생겨도 거뜬히 견뎌 낼 것입니다."

    1) 풀 한 포기에서도 하느님을 느끼는 겸손한 성격
    2) 매사에 꼼꼼한 완벽주의자
    3) 불쌍한 이웃을 동정하는 따스한 성격
    4) 아이들과 뛰노는 명랑 쾌활한 성격
    5) 예민하며 감정의 기복이 심한 이상주의자

5. 이 작품은 크게 제1부와 제2부로 나뉩니다. 제1부를 아우르는 형식상의 특징을 바르게 설명한 것은 어느 것일까요?

    1) 제3자의 객관적인 서술체로 씌어졌다.
    2) 『안네의 일기』와 같은 일기문 형식이다.
    3) 친구에 대한 편지글 형식이나 일기처럼 쓰였다.
    4) 딱딱한 문체의 보고문 형식으로 씌어진 편지다.
    5) 대화문으로만 이루어진 연애시다.

6. 제1부의 7월 26일 편지에서 베르테르는 '자석산의 전설'에 자신을 비유 합니다. 이러한 비유에 적합하지 않은 것은 어느 것일까요?

1) 뜨거운 다리미에 손을 가까이 대면 큰 화상을 입는다.
2) 인생의 목표가 돈이면 결국 끝없는 물욕에 빠져 파멸한다.
3) 폭력으로 모든 일을 해결하려는 자는 폭력으로 망한다.
4) 인간이 신의 영역에 도전하면 신의 응징을 피할 수 없다.
5) 정치가의 꿈에 빠진 김씨는 선거로 모든 재산을 탕진했다.

7. 다음 글을 읽고 S부인과 그의 남편, 딸에 대해 베르테르가 느낀 점은 무 엇인지 골라 보세요.

> 근엄한 S부인이 남편과 더불어 들어왔지. 그들은 딸을 데리고 왔었어. 이 세 사람은 걸어오면서, 조상 대대로 물려받은 거만한 눈짓을 하고 있더군. 이런 족속들을 보면 그야말로 속이 메스꺼워지는 터라, 나는 그만 물러나야겠다고 생각했지.

1) S부인의 가족은 훌륭한 귀족이다.
2) S부인의 가족들은 모두 눈병이 났다.
3) 귀족들은 자신의 지위에 자부심이 크고 교만하다.
4) S부인의 가족은 시민 계층을 불편해한다.
5) S부인은 자신의 신분을 고귀하다고 여긴다.

8. 베르테르의 정신 세계에 영향을 주지 않은 인물은 누구일까요?

1) 고대 그리스의 시인 호메로스
2) 가장 친한 벗 빌헬름
3) 고대 켈트족의 음유 시인 오시안
4) 소설가 골드 스미스
5) 고대 미술 연구가 빙켈만

9. 베르테르는 함께 일하던 공사에 대해 다음과 같이 이야기했습니다. 이 글에서 알 수 있는 공사의 성격은 어떤가요?

공사와 나는 더 이상 같이 일할 수 없을 것 같아. 그가 일을 처리하는 방식은 참으로 가소로워. 나는 반대 의견을 내기도 하지만, 내 판단에 따라 적당히 일을 처리하기도 해. 이것이 그의 비위를 단단히 건드린 모양이야.

1) 남의 험담을 함부로 하는 사람이다.
2) 자기 생각대로만 행동하고 남을 배려하지 않는다.
3) 작은 일에도 트집을 잡는 사람이다.
4) 베르테르에게 심술궂게 군다.
5) 인정이 많아 불우한 사람에게 돈을 준다.

10. 베르테르의 친구인 빌헬름과 비교할 만한 인물을 다음의 작품 속에서 찾아보세요.

1) 『안네의 일기』의 페터
2) 『이상한 나라의 앨리스』의 담배 피우는 애벌레
3) 『보물섬』의 짐 호킨스
4) 디즈니 애니메이션 『피노키오』의 지미니 크리켓
5) 『15소년 표류기』의 드니팬

11. 베르테르가 선택한 '자살' 이 가지고 있는 의미를 바르게 설명하지 못한 것은 어느 것일까요?

1) 로테와의 이룰 수 없는 사랑에 대한 절망
2) 사랑을 위한 희생 정신

3) 알베르트에 대한 복수

4) 정신적 자유를 얻으려는 몸부림

5) 낡은 인습에서 벗어나려는 저항 정신

12. 다음은 베르테르와 친구가 된 B양이 베르테르에게 한 말입니다. 이 글을 읽고 B양의 성품에 대해 틀리게 설명한 것을 고르세요.

> "저의 아주머니를 아시지요? 아주머니는 어제 저녁에도, 또 오늘 아침에도 제가 선생님과 교제를 하는 것에 대한 설교를 늘어놓으셨어요. 선생님을 변호하려 했지만 말도 못 꺼냈어요. 아주머니가 들어 주려고도 하지 않아요."
> 그녀의 말 한 마디 한 마디가 칼끝처럼 내 가슴을 찔렀지. 그녀는 이야기를 계속했어. 이런 소문이 퍼질 것이라는 둥, 전부터 나를 비난하고 있던 사람들은 거만한 내가 벌을 받았다는 둥의 말을 하더라고 전해 주었지. 진심으로 동정어린 말투로 들려주었어. 이야기를 다 듣고 나는 허탈감에 빠졌지. 지금도 미칠 것만 같아. 차라리 누군가가 직접 나를 비난한다면 오히려 가슴이 후련할 것 같은데…….

1) 신분에 관계 없이 우정을 나누는 따스한 사람이다.

2) 진심으로 베르테르를 걱정해 주는 인정 많은 성품이다.

3) 아주머니의 말을 거역하지 못하는 착한 아가씨다.

4) 베르테르와의 교제를 반대하는 아주머니와 맞서는 투쟁적인 인물이다.

5) 귀족으로서 낡은 인습에서 벗어나지 못하는 나약한 면이 있다.

13. 제2부에서 베르테르의 종말을 암시하는 듯한 사건이나 이야기가 나옵니다. 여기에 해당되지 않는 것은 어느 것일까요?

1) 오시안의 비극적인 시

2) 빵을 입에 물고 카나리아에게 먹이는 로테

3) 여주인을 사랑한 하인의 자기 파멸적인 행동

4) 목사 부인이 베어 낸 호두나무

5) 법무관 서기의 짝사랑과 그 결과

14. 베르테르가 발하임에 자주 간 이유를 모두 골라 보세요.

1) 로베르트와의 대화가 매우 즐거워서

2) 조그마한 집을 짓고 살고 싶을 만큼 풍경이 아름다워서

3) 생각보다 친절한 숙모님이 살고 계셔서

4) 로테의 집에서 30분밖에 떨어져 있지 않아서

5) 호두나무가 있는 목사관의 목사님을 뵙고 싶어서

15. 다음은 베르테르가 번역한 오시안의 시입니다. 밑줄 친 구절의 뜻을 알맞게 설명한 것은 어느 것일까요?

"저물어 가는 밤하늘의 별이여. 그대 아름답게 서쪽 하늘에서 반짝이며, 빛나는 얼굴을 구름 사이로 치켜들고, 그대의 언덕을 엄숙히 걸어가고 있네. 무엇을 보고자 이 황야를 내려다보는가? 폭풍우는 그치고, 멀리 골짜기 개울의 중얼거림이 들린다. 술렁이는 물결은 바위를 희롱하고, 저녁 파리 떼의 날갯짓 소리 들에 가득 찼도다. 아름다운 빛이여, 무엇을 찾는가? 그러나 그대는 미소지으며 즐거운 듯 머리카락을 나부끼고 있도다."

1) 파도가 거칠어지고 파리가 많아졌다.

2) 바람이 심해졌고 파리 떼가 몰려와 시끄럽다.

3) 전쟁이 격렬해지면서 희생자가 많아졌다.

4) 자연 재해로 파리가 늘고 전염병이 돈다.

5) 파도 소리며 파리 떼 소리 등 자연 공해가 심하다.

16. 제2부, 9월 15일 편지에서 목사관의 호두나무를 벤 사건이 나옵니다. 목사 부인이 그 나무를 벤 이유로 적절하지 않은 것은 어느 것일까요?

　　　1) 버터나 계란 같은 선물이 적게 들어와서

　　　2) 나뭇잎이 무성해지면 해가 잘 들지 않으니까

　　　3) 호두가 영글면 아이들이 많이 몰려와 시끄럽게 구니까

　　　4) 성서 연구에 몰두하기 위해

　　　5) 낙엽이 지면 뜰이 지저분해지므로

● 논리 능력 Level Up!

1. 인터넷을 이용해 '슈투름 운트 드랑'에 대해 조사해 보세요.

2. 제1부에서 베르테르는 「호메로스」에, 제2부에서는 「오시안」에 열광하며 자신의 감정 변화를 드러내고 있습니다. 인터넷을 검색해, 두 작가의 작품 세계가 어떻게 다른지 써 보세요.

3. 다음 글을 읽고, 엄격한 신분 사회였던 당시 상황에 대해 베르테르가 어떻게 생각하고 있는지 써 보세요.

> "자네도 알고 있겠지만 우리네 신분상 관례는 아주 까다롭거든. 자네가 이 자리에 있는 것이 모두들 못마땅한 모양이야. 나야 아무렇지도 않지만……."
> "대단히 죄송하게 되었습니다."
> 미소를 지으며 나는 절을 하였지. 백작은 다정하게 내 손을 잡았는데, 그것으로 모든 말을 대신한 거지. 나는 그 고귀한 무리들 속을 슬며시 빠져 나왔어. 기분이 별로였지.

4. '젊다'라는 형용사는 나이가 한창 때이고 혈기가 왕성하다는 것을 뜻합니다. 이 책의 제목에 등장하는 '젊다'는 단어는 다양한 이미지를 포함하고 있습니다. '젊은 베르테르'의 긍정적인 이미지와 부정적인 이미지를 각각 세 가지 이상 써 보세요.

5. 어린이를 존중하는 베르테르의 가치관은 현대인의 관점에서도 놀랄 만큼 훌륭합니다. 그의 이러한 가치관을 증명할 만한 내용을 본문에서 골라 적어 보세요.

6. 다음 글을 읽고 밑줄 친 부분의 내용을 바꾸어 베르테르의 의견에 반박해 보세요. 아홉 어절 이하의 문장으로 만들어 보세요.

> 나는 결코 재난 자체를 두려워하고 있는 게 아니야. 스스로를 무너뜨리려는 자연 속에 있는 파괴력이 무서운 거지. 나는 불안한 나머지 몹시 흔들리고 있어. 하늘과 땅 사이에서 작용하는 모든 힘들은 스스로를 집어삼키는 괴물이야.

7. 낮에 햇빛을 흡수함으로써 밤에 빛을 낸다는 형광석 이야기는 로테에 대한 베르테르의 가련한 사랑을 극명하게 드러내는 데 사용되었습니다. 하지만 이것은 타인에 대한 봉사나 희생, 사회로부터 받은 것을 사회로 환원하는 일 등의 비유에 쓰이더라도 적절할 듯합니다. 이와 같은 비유에 인용될 만한 다른 단어나 문장을 생각해 보세요.

8. 베르테르가 되어 빌헬름에게 보내는 짧은 편지를 써 봅시다. 단, '절망, 위로, 삶, 희망'의 네 단어는 반드시 넣어 써야 합니다.

9. 베르테르의 '자살' 이후, 로테는 실신하고 맙니다. 다른 사람들은 어떤
   행동을 보일지 상상해 보세요.

10. 「젊은 베르테르의 슬픔」은 죽음으로써 비극적인 결말을 맺습니다. 내용
    상의 분류로 희극과 비극을 다룰 때 흔히 등장하는 것이 셰익스피어의 작
    품들입니다. 셰익스피어의 '4대 비극'과 '5대 희극'의 제목을 써 보세요.

● 논술 능력 Level Up!

1. 다음 글을 읽고 베르테르가 젊은 하인의 사랑에 대해 어떻게 생각했는지와
   긍정적인 입장 또는 부정적인 입장 중 하나를 택해 그 근거를 써 보세요.

그는 하인인데 여주인에 대한 이야기를 자주
하더군. 나는 곧 이 청년이 여주인을 사모하고
있음을 알아챘지. 그 여주인은 그다지 젊지 않은
데다 결혼 생활이 불행했기 때문에 재혼할 뜻이
전혀 없다고 해. 청년은 여주인을 매우 아름답고
매력 있다고 생각하더군. 아무리 위대한 시인이
라도 이 청년의 순수한 사랑과 진심을 그대로 표
현하기는 불가능할 거야. 특히 나를 감동시킨 것
은, 여주인이 혹시라도 나쁜 소문에 휩싸일까 봐 그가 진심으로 걱정하는
것이었어. 나는 지금까지 이토록 열렬하고 순수한 사랑을 본 적이 없어.

2. 베르테르는 발하임에서 지낼 때, 이상보다는 현실에서 즐거움을 찾았습니다. 이러한 베르테르의 태도에 대하여 찬성 또는 반대하는 생각을 쓰세요.

3. 다음 글을 읽고, 베르테르의 감정이 어떠했을지 상상하여 써 보세요.

> 알베르트가 돌아왔어. 이제 나는 이 곳을 떠나야만 하겠지. 비록 그가 나보다 기품 있고 훌륭한 인물이라 하더라도, 그토록 아름답고 완벽한 로테를 차지하고 있다는 사실이 무척이나 나를 고통스럽게 했어.

4. 베르테르는 로테가 이미 다른 사람의 아내임을 잘 알고 있습니다. 그러면서도 사랑에 빠졌습니다. 여러분이 베르테르라면 어떻게 하겠는지 그 해결 방안을 써 보세요.

5. 알베르트는 베르테르가 자기 아내인 로테를 찾아오면 자리를 피해 주곤 했습니다. 친구인 베르테르를 편하게 해 주기 위해서였지요. 이런 알베르트의 행동은 옳은가요, 그른가요? 자신의 기준을 제시하여 평가해 보세요.

6. 만약 여러분이 로테라면 베르테르를 멀리할 것인가요, 가까이할 것인가요? 하나를 선택하고, 그 이유와 예상되는 결과를 써 보세요.

7. 다음 글을 읽고 로테의 생각이 옳은지 그른지 판단하고, 그에 대한 여러분의 생각을 써 보세요.

'아아, 베르테르와 오누이간이라면! 그러면 얼마나 행복할까? 친구 가운데 한 사람과 결혼시킬 수는 없을까? 그러면 베르테르와 알베르트 사이도 다시 좋아질 텐데……'
로테는 친구들을 한 사람씩 생각해 보았다. 그러나 베르테르와 짝지어 줄 만한 친구는 찾을 수 없었다. 베르테르를 곁에 붙들어 두고 싶은 것이 솔직한 심정이었다.

8. 하인이 베르테르의 심부름으로 권총을 빌리러 왔을 때, 로테는 알베르트의 말에 따라 권총을 내주었습니다. 여러분이 로테라면 어떻게 할 것인지, 자신의 결정과 대처 방법을 생각하여 논술해 보세요.

9. 베르테르가 선택한 자살은 최선인지 아닌지 여러분의 생각을 써 보세요.

 풀이

1. 1), 4), 5) 2. 2)   3. 4)   4. 5)   5. 3)
6. 1)   7. 3)   8. 5)   9. 5)   10. 4)
11. 3)   12. 4) 13. 2) 14. 2), 4)
15. 3)   16. 1)

논리 능력 Level Up!

1. 1770년에서 1780년 사이에 독일에서 일어났던 문학 운동입니다. '질풍과 노도'란 뜻으로, 1776년에 발표된 클링거의 희곡 제목에서 따온 말입니다. 프랑스의 형식주의와 합리주의에 대한 반동으로 시작해, 문명 대신 자연을, 모방 대신 독창성을, 예의범절 대신 열정을 부르짖었습니다. 괴테 외에도 실러, 렌츠, 바그너, 뮐러 등이 이에 함께했습니다.

2. 「호메로스」는 환상적인 영웅담과 영웅의 귀환을 통해 미지의 세계에 대한 동경과 끝없는 모험을 그리고 있습니다. 반면에 「오시안」은 비극적인 사람을 통한 인간의 절망과 죽음을 우울한 정서로 표현하고 있습니다. 작가는 호메로스에 빗대어 베르테르의 자유와 방랑, 미지의 세계에 대한 동경을 드러내고 있고, 오시안을 통해 베르테르의 비극적인 최후를 암시하고 있습니다.

3. 1700년대의 독일은 종교와 계급이 억누르는 봉건적인 사회였습니다. 하느님이나 계급을 부정하는 언행은 용납될 수 없었습니다. 귀족들 못지않은 지식과 교양을 갖춘 인물이었으나 귀족이 아니라는 이유로 파티장을 떠나야 했던 베르테르의 불만은 개인적인 저항으로 볼 수 있습니다. 또한 B양과의 대화에서, 귀족이 아닌 베르테르와 그녀의 교제를 아주머니가 반대하는 데 대해 가슴아파한 것도 베르테르가 사회 계급보다 개인의 인성을 우위에 두고 있음을 보여 줍니다.

4. 긍정적 이미지—열정적이다, 동정심이 많다, 낡은 인습을 거부한다, 자

연의 아름다움에 쉽게 감동한다, 아이들과 잘 어울린다 등.
부정적 이미지—감정의 기복이 심하다, 타인의 말과 행동에 크게 상처
받는다, 나약하다, 충동적이다, 쉽게 흥분한다 등.

5. 6월 29일 편지—난 이 세상에서 아이들이 가장 좋아. 아이들을 지켜보
고 있노라면 순수하고 완전한 모습이 보여. 하지만 친구야, 현실은 어떻
지? 어린아이들을 마치 하인처럼 다루고 있잖아. 하느님 눈에는 다만
나이 많은 어린이와 나이 어린 어린이가 있을 뿐이라고 하잖아. 그런데
도 어른들은 아이들을 자기들의 틀에 넣어서 기르고 있지.
7월 6일 편지—하느님이 우리를 대하시듯 어린이를 대해야 한다는 진
리를 되새겼다네.

6. 스스로를 희생하며 순환하지. / 자연의 법칙에 따라 적자생존하고 있
어. / 스스로 파괴를 통해 새로운 삶을 얻어 내는 거야.

7. 등불, 촛불, 빛과 소금 등.

8. 예시 : 사랑하는 친구야, 갑작스레 터진 한 사건으로 인해 나는 절망에
빠졌어. 아, 삶이란 이다지도 고통스러운 것인지! 나를 위로해 줄 진정
한 친구는 내 곁에 한 명도 없군. 빌헬름! 제발 내게 희망의 말 한 마디
만 전해 주지 않겠나?

9. 예시 : 어머니를 비롯한 가족들이 크게 상심할 것 같습니다. 어머니는
쓰러지는 데 그치지 않고 몸져누울 것 같고, 빌헬름 역시 베르테르의 자
살을 막지 못했다는 죄책감으로 크게 고통받을 것 같습니다.

10. 비극—「리어 왕」「맥베스」「햄릿」「오셀로」
희극—「베니스의 상인」「한여름 밤의 꿈」「십이야」「말괄량이 길들이
기」「뜻대로 하세요」

논술 능력 Level Up!

1. 베르테르는 하인이 여주인을 사랑하는 것을 무척 감동적이며 아름답게 생각
하고 있었다는 사실을 알 수 있습니다.
예시 1 : 긍정적인 입장 — 젊은 하인이 중년 여주인을 사랑하는 것은 절대

잘못이 아닙니다. 이성간의 사랑은 가장 순수한 인간의 감정입니다. 따라서 이기적이지 않고 진실하면 됩니다. 순수한 사랑은 나이가 문제되지 않습니다. 순수한 사랑은 신분의 차이도 문제되지 않습니다. 서로 믿고, 희생할 수 있는 마음이면 됩니다. 어떤 경우에도 변치 않는 마음이면 됩니다. 두 사람의 마음이 중요하지 남의 눈은 의식할 필요가 없습니다. 처음에는 부정적이더라도, 순수하고 아름다운 사랑이면 모두 호감을 갖습니다.

예시 2 : 부정적인 입장 — 젊은 하인이 중년 여주인을 사랑하는 것은 비판받아야 합니다. 사람은 자기의 감정대로 행동하며 살 수 없습니다. 인간이 동물과 다른 것은 윤리와 도덕을 지니고 있기 때문입니다. 윤리와 도덕은 사람이 살아가는 데 필요한 상식이며, 이것이 있어야 질서가 유지됩니다. 옳으냐, 그르냐의 가치 판단은 사회의 윤리 도덕이 기준 되어야 합니다. 하인과 여주인, 그리고 청년과 중년 사이의 사랑은 윤리 도덕이라는 상식에 어긋나므로 아름답지 못합니다.

2. 예시 1 : 찬성 — 인간이 살아가는 것은 현실입니다. 따라서 인간 삶의 즐거움도 현실에서 찾아야 합니다. 인간은 의식주를 기본으로 살아가는 존재로서, 정신적인 것보다 물질적인 것에 더 이끌립니다. 현실을 무시한 이상은 바람직하지 못합니다. 현실은 실질적인 것이지, 천박한 것은 아닙니다.

예시 2 : 반대 — 진정한 즐거움은 이상을 꿈꾸는 데서 오는 정신적인 만족감입니다. 현실의 불가능을 극복하는 것은 오직 이상으로만 가능합니다. 현실만을 중시하면 자유로운 정신 활동은 위축되게 마련입니다. 정신 활동이 위축되면 창의성이 살아나지 못하고, 즐거움도 한정됩니다.

3. 예시 : 전혀 생각지 않은 일은 아니지만 갑자기 당하니까 충격에 먼저 놀랐을 것입니다. 사랑해선 안 될 여인을 사랑한다는 양심의 가책을 받아 두려운 마음도 있었을 것입니다. 알베르트를 질투하는 마음도, 증오하는 마음도 가졌을 것입니다. 로테가 원망스러웠을 것입니다. 또한, 앞으로 어떻게 할 것인가 갈등과 고민에 빠졌을 것이며, 스스로를 패배자

로 여겨 우울하고 슬펐을 것입니다.

4. 예시 : 남의 아내를 사랑하는 것은 어느 시대이든 인간 사회에서는 온당치 못한 일입니다. 사랑의 감정은 어떤 조건도 장애가 될 수 없습니다. 그러나 인간 사회에는 상식으로 통하는 기본적인 윤리가 있으며, 이 기본 윤리가 무너지면 불편한 사회가 되어 모두가 피해를 당할 수 있습니다. 따라서 이성의 애정을 돌려 친구의 우정으로 바꾸어 가는 것이 바람직합니다. 비록 힘이 들더라도 이 방법이 최선입니다. 만약 사랑을 기필코 이루려 한다면 더 큰 고통과 원한을 얻을 것입니다. 사랑은 한없이 생각해 주는 것입니다. 상대를 꼭 차지해야 한다는 집착을 버리고 상대를 위한다는 더 높은 생각으로 스스로 위안과 기쁨을 찾아야 합니다.

5. 예시 1 : 옳다. — 친구는 믿음과 진실로 서로 통합니다. 친구 사이는 의심이 있을 수 없습니다. 친구는 마음을 잘 알아주며, 괴로움을 함께 나누고 위로해 주는 사람입니다. 알베르트는 베르테르와 친구 사이입니다. 알베르트가 자리를 피해 주는 것은 친구를 진실로 믿는 행위이며, 그의 인품과 우정을 잘 표현한 것입니다.

예시 2 : 그르다. — 아무리 친구 사이라도 허용할 수 있는 한계가 있습니다. 친구라고 해서 무엇이든지 인정하고, 너그럽게 받아들이는 것이 아닙니다. 진정한 친구는 잘못될 우려가 있으면 진심으로 충고하여 미리 막아 주어야 합니다. 이성의 사랑이란, 예기치 못하는 감정의 흐름이므로 이성을 잃을 수도 있습니다. 만약 잘못되면 둘 다 파멸하게 되므로 위태로운 계기를 만들어서는 안 됩니다.

6. 예시 1 : 멀리한다. — 로테는 이미 결혼하여 한 남자의 아내가 되었습니다. 한 남자의 아내가 남편 아닌 다른 남자와 사랑을 나눈다는 것은 누가 보든지 불륜입니다. 사랑하는 마음은 인정하되, 무한정으로 깊어지는 것은 경계해야 합니다. 남편의 감정도 헤아려 행동해야 합니다. 일정한 간격을 유지하며 감정에 이끌리지 말아야 합니다. 그러면 베르테르가 일단 서운해하며 원망하는 태도를 보일 것입니다. 그러나 로테의 진심을 알게 되면 다시 이전과 같은 좋은 관계로 되돌아올 것입니다.

예시 2 : 가까이한다. — 이성을 좋아하고 사랑하는 것은 인간의 보편적인 감정이며, 아름다운 것입니다. 사랑함으로써 어떤 결과를 가져왔느냐가 문제이지, 사랑 그 자체를 부정적으로 볼 필요는 없습니다. 사랑이란 두 사람이 함께 만들어 가는 관계이므로 각자의 생각과 자세가 중요합니다. 이미 서로 사랑을 느끼고 인정한 후에는 단순히 멀리하는 것만으로는 문제가 해결되지 않습니다. 고상한 생각을 가지고 변함없이 가까이 대하면서 빗나가지 않도록 중심을 잃지 않으면 됩니다.

7. 예시 1 : 옳다. — 베르테르가 남의 아내인 로테를 사랑하는 것은 결국 상처만 남는 슬픈 사랑입니다. 로테도 베르테르를 사랑하고 있습니다. 그러나 둘의 사랑은 도저히 이루어질 수 없는 사랑입니다. 사랑의 감정은 새로운 대상이 생기면 자연스럽게 변하기 마련입니다. 처음에는 새로운 대상에게 호감이 가지 않지만, 또 다른 매력을 발견하게 되면 사랑의 감정은 생겨납니다. 베르테르에게 새로운 상대를 만나게 해 행복한 생활을 이어 가게 되면 서로를 위해서 잘 된 일입니다.

예시 2 : 그르다. — 한 남자의 아내로서 베르테르를 곁에 두고 싶어 하는 것은 잘못된 것입니다. 그리고 사랑의 감정은 대상에 따라 달라집니다. 베르테르의 로데에 대한 사랑은 로테 아닌 다른 사람이 대신할 수 없습니다. 그러므로 로테가 자기 친구를 소개해 주겠다는 것은 잘못된 생각입니다. 더욱이 그 친구를 불쾌하게 할 수도 있는 일입니다. 사랑의 감정이란 인위적으로 생겨나게 하거나 조절되는 것이 아닙니다.

8. 예시 1 : 권총을 내주지 않는다. — 베르테르가 무얼 하려고 권총을 빌리는지 알고 있기 때문입니다. 알베르트에게 그럴싸한 핑계를 대든지, 베르테르의 심정을 사실대로 말하든지 해서 권총을 내주지 않았어야 합니다. 알베르트의 요구라고 할지라도 권총을 내주는 것은 자살을 거드는 행동입니다. 어떤 경우라도 베르테르의 자살 기도를 막아야 합니다.

예시 2 : 베르테르를 직접 만나 본다. — 베르테르를 만나 이야기를 나누면서 상황을 살피고, 자살하려는 감정을 돌리려고 노력합니다. 알베르트와 함께 셋이서 그 동안의 일들을 털어놓고 이야기를 나눌 수도 있습니다. 베르테르의 의도를 잘 알고 있으니, 주의를 기울여 자살을 기필코 막아야 합니다. 알베르트에게 그 동안 일어난 일들을 감추기 위해 그가 시키는 대로 권총을 가져다 준 로테의 행위는 바람직한 행동이 아닙니다.

9. 예시 1 : 최선이다. — 베르테르가 로테를 사랑한 것은 윤리상 처음부터 잘못된 일입니다. 결국에는 베르테르의 결정만이 해결 방법이 됩니다. 베르테르는 순수한 감정을 지닌 사람이라, 이상만을 꿈꾸며 살아갑니다. 이런 사람들은 현실을 무시한 생각과 생활을 하기 쉽고, 그러다 보면 이상과 현실의 틈에서 여러 문제에 부딪히게 됩니다. 이 때 문제 해결 방법은 자연히 단순한 감정으로 결정할 수밖에 없습니다. 로테에 대한 진정한 사랑을 돌려 새롭게 살아간다는 것은 매우 굴욕스러운 일이기 때문에 자살이 오히려 위안이며 최선의 선택이 될 것입니다.

예시 2 : 최선이 아니다. — 이 세상에서 사람의 생명보다 더 존귀한 것은 없습니다. 사람은 사랑의 감정에 빠져 있으면 합리적인 생각도 마비되어 버립니다. 감정과 이성을 고루 지니고 있어서 한쪽으로 치우치지 않는 것이 가장 바람직한 인품을 갖춘 사람입니다. 사랑의 감정에서 벗어나면 또 다른 세계가 있는데 감정을 억제하지 못하고 죽음을 택한 것은 한쪽 세계만 보고 사는 어리석은 행동입니다. 베르테르는 이성으로 사랑의 감정을 억제하고, 그 사랑을 더 높고 순수한 사랑으로 승화시켜 오히려 기쁨과 보람으로 만들어 간직해야 합니다.

초등권장도서 세계 명작 시리즈

※효리원 세계 명작 시리즈는 계속 발간됩니다!